外国人のための日本語 例文・問題シリーズ6

接続の表現

横林宙世
下村彰子
共著

荒竹出版

監修者の言葉

このシリーズは、日本国内はもとより、欧米、アジア、オーストラリアなどで、長年、日本語教育にたずさわってきた教師三十七名が、言語理論をどのように教育の現場に活かすかという観点から、アイデアを持ち寄ってできたものです。私達は、日本語を教えている現職の先生方に使っていただくだけでなく、同時に、中・上級レベルの学生の復習用にも使えるものを作るように努力しました。

このシリーズの主な目的は、「例文・問題シリーズ」という副題からも明らかなように、学生には、今まで習得した日本語の総復習と自己診断のためのお手本を、教師の方々には、教室で即戦力となる例文と問題を提供することにあります。既存の言語理論および日本語文法に関する諸学者の識見を無視せず、むしろ、それを現場へ応用するという姿勢を忘れなかったという点で、ある意味で、これは教則本的実用文法シリーズと言えるかと思います。

従来、文部省で認められてきた十品詞論は、古典文法論ではともかく、現代日本語の分析には不充分であることは、日本語教師なら、だれでも知っています。そこで、このシリーズでは、品詞を自立語では、動詞、イ形容詞、ナ形容詞、名詞、副詞、接続詞、数詞、間投詞、コ・ソ・ア・ド指示詞の九品詞、付属語では、接頭辞、接尾辞、（ダ・デス、マス指示詞を含む）助動詞、形式名詞、助詞、助数詞の六品詞の、全部で十五に分類しました。さらに細かい各品詞の意味論的・統語論的な分類については、各巻の執筆者の判断にまかせました。

また、活用の形についても、未然・連用・終止・連体・仮定・命令の六形でなく、動詞、形容詞ともに、十一形の体系を採用しました。そのため、動詞は活用形によって、u動詞、ru動詞、行く動詞、来る動詞、する動詞、の五種類に分けられることになります。活用形への考慮が必要な巻では、巻頭に活用の形式を詳述してあります。

シリーズ全体にわたって、例文に使う漢字は常用漢字の範囲内にとどめるよう努めました。項目によっては、適宜、外国語で説明を加えた場合もありますが、説明はできるだけ日本語でするように心がけました。

教室で使っていただく際の便宜を考えて、解答は別冊にしました。また、この種の文法シリーズでは、各巻とも内容に重複は避けられない問題ですから、読者の便宜を考慮し、永田高志氏にお願いして、別巻として総索引を加えました。

私達の職歴は、青山学院、獨協、学習院、恵泉女学園、上智、慶應、ICU、名古屋、南山、早稲田、国立国語研究所、国際学友会日本語学校、日米会話学院、アイオワ大、朝日カルチャーセンター、アリゾナ大、イリノイ大、メリーランド大、ミシガン大、ミドルベリー大、ペンシルベニア大、スタンフォード大、ワシントン大、ウィスコンシン大、アメリカ・カナダ十一大学連合日本研究センター、オーストラリア国立大、と多様ですが、日本語教師としての連帯感と、日本語を勉強する諸外国の学生の役に立ちたいという使命感から、このプロジェクトを通じて協力してきました。

国内だけでなく、海外在住の著者の方々とも連絡をとる必要から、名柄が「まとめ役」をいたしましたが、たわむれに、私達全員の「外国語としての日本語」歴を合計したところ、580年以上にも及びました。この600年近くの経験が、このシリーズを使っていただく皆様に、いたずらな「馬齢の積み重ね」に感じられないだけの業績になっていればというのが、私達一同の願いです。

このシリーズをお使いいただいて、Two heads are better than one.（三人寄れば文殊の知恵）とお感じになるか、それとも、Too many cooks spoil the broth.（船頭多くして船山に登る）とお感じになったか、率直な御意見をお聞かせいただければと願っています。

この出版を通じて、荒竹三郎先生並びに、荒竹出版編集部の松原正明氏に大変お世話になりましたことを、特筆して感謝したいと思います。

一九八七年　秋

ミシガン大学名誉教授
上智大学比較文化学部教授　名柄　迪

はしがき

日本語学習の中で、文章や言葉を適切につないで、話し手の意図をより明確に伝えるように組み立てていくことは、大変重要な作業であり、注意深い練習の積み重ねを必要とします。

初級課程の文法を一応習得した程度の学生の作文を見ると、一つ一つの文の文法的誤りを直しても、全体として何かぎごちない日本語という感じを与えるものがありますが、その原因の一つに接続の問題があると思われます。すなわち、接続詞が足りないために、前後がうまくつながらず、切れた感じになったり、同じ接続詞を何度も繰《く》り返して、単調な幼稚《ようち》な文章になってしまったり、また接続のしかたが適切でないために、意図するところが明確に伝わらないということもあります。

一方、接続詞には、あとに続く部分の内容を予測させるという大切な働きもあるので、長文を速く正しく読みとるためにも、その理解が重要な鍵《かぎ》になります。

このように、話し言葉でも、書き言葉でも、あるまとまった内容を日本語らしい日本語で表現するためには、適切な接続表現を用いることが不可欠です。接続表現の練習という目的のためには、従来の接続詞だけに限定せず、動詞活用形、助詞、副詞、さらに連語的なものまで含《ふく》めて扱《あつか》い、総合的な文章構成力を養うことが肝要《かんよう》であると考えました。日本語の接続表現は大変数が多く、多様で、また意味や形のよく似ているものもたくさんあります。その上、日本語独特の微妙《びみょう》な感情や意味の違《ちが》いを含《ふく》んでいるので、外国人学生にとっては、それぞれの意味や使い方を十分理解して使いこなすことは、簡単ではありません。そこで本書では『日本語教育のための基本語彙《ごい》調査』(国立国語研究所)

と『日本語教育事典』(日本語教育学会)を基に、各種の中・上級教科書、新聞、雑誌、一般の書物などをも参考にして頻度《ひんど》の高い八十六の項目を取り上げ、要を得た解説、豊富な用例と練習問題とによって、自然にこれらの用法を習得できるように工夫しました。

この巻の完成にあたって、陳勲《よう》さん、リディア・ユーさん、ドリス・グロスさん、ウルリッヒ・デーンさん、黄恵玲さんにご協力頂いたことを記し感謝の意を表したいと思います。

一九八八年二月

横林宙世

下村彰子

目次

本書の使い方

一　本書で扱《あつか》う「接続の表現」

「接続の表現」とは何かについては種々の論議がなされるでしょうが、この本で扱《あつか》っている接続の表現は統語論的には以下のようなものです。

1　文節の切れ目が後の文への接続を予想させるもの……仮定形、タリ形、テ形などの活用形（連用形による接続は「テ形」と重なる部分が多いため省いた）、および、「ながら」「つつ」などの接続助詞。

2　従来、接続詞または接続助詞と考えられているもの

(1)　前文にかかるもの……「ので」「から」などの接続助詞。

(2)　後文にかかるもの……「そして」「しかし」などの接続詞。

3　接続副詞と考えられるもの……「結局」「むしろ」など。

4　連語的なもの……「それはそうと」「とはいうものの」など。

ただし、時間を表す「とき」「まえ」「あと」などの名詞あるいは形式名詞、「まず」「つぎに」などの副詞、および、重文、複文の問題については本シリーズの他の巻で取り上げるので、ここでは扱《あつか》いませんでした。

意味分類に関しては市川孝氏のものを参考にし、大きく三つに分けました。それをさらに十二の下

位分類にわけてあります。

二　本書の構成

この本の構成は次のようになっています。

見出し語（項目《こうもく》）

1　接続のしかた

2　意味、用法

3　用例

練習問題（数項目《こうもく》ごとに）

総合練習問題

接続のしかたは活用形はそのまま書きました。接続助詞については文法用語を避《さ》け、学生がよく知っている具体的な動詞、イ形容詞、ナ形容詞、「行く」「安い」「静か」で代表させてどう続くかを示してあります。名詞はナ形容詞と同じ接続の場合は略しました。

意味については学生が読んで分かるような平易な書き方を心《こころ》掛《が》けましたので、教師のために参考となる用語を［　］に一言入れました。

用例の後には必要に応じて【注】をもうけ、言い換《か》え可能な表現や参考になる事柄《ことがら》を示しました。

また、練習問題の前に各接続表現の特徴《とくちょう》を一口メモ的に簡単にまとめたところもあります。

総合練習問題の後半は新聞記事などを基にしたもので、実力テストとして利用出来ます。

本書で使われている記号は次のような意味です。

1　見出し語および例文の「／」はどちらの言い方もあるという意味。
2　例文の前の×はその文は正しくないという意味。
3　見出し語の（　）は省略可能という意味。

三　本書の利用法

この本は教室用としても独習用としても、あるいは教師の参考例文集としても使用できるように作られています。

先生がたは学生の力に応じて語彙《ごい》を変えたり、例文や問題を選んでお使い下さい。

学生の皆《みな》さんがこの本を使って自分で接続の表現を勉強する場合、例えば次のような方法が考えられます。

新しい接続表現を勉強したり、これまでの知識を整理したい場合

1　（見出し語を見て接続のしかたを考える。そのあと、本で接続のしかたを確かめる。）
2　自分で例文を作って、用法を考えてみる。本で用例、用法を読み自分の知識が正しいかどうか確かめる。
3　自分の知らない用法があったら、その部分の用例は特に丁寧《ていねい》に読む。
4　練習問題を解いて答えをあわせる。間違《まちが》ったものはもう一度、用法、用例にもどり考えてみる。
5　総合練習問題を解いてみる。

接続表現の復習をしたい場合

1　（四角で囲んだ文法のポイントを読んでから）練習問題を解いてみる。
2　答えを合わせて間違《まちが》ったところや分からなかった部分は、用法、用例にもどりよく勉強する。
3　総合練習問題をして自分の力を試してみる。

多くの方がこの本を十分に活用してより適切な豊かな日本語の表現力を身につけて下さることを願っています。

第一章　二つの事《こと》柄《がら》を論理的関係でつなぐ表現

一　順接

〔一〕条件を表す言い方

1　ば

行けば／行かなければ、安ければ／安くなければ、静かであれば／静かで(は)なければ。

a　前件が成立する時は後件も必ず成立することを表す「恒常《こうじょう》条件」。ことわざや抽象《ちゅうしょう》的論理関係、一般《いっぱん》的真理などによく使う。文末に過去形は使えない。

(1)「終わり良ければすべてよし。」

(2)「苦あれば楽あり。」

(3)　二に二をかければ四になる。

(4)　だれでもほめられればうれしい。

b　後件が成立するための条件を前件で述べる「仮定条件」。後件には、ふつう話し手の希望（〜たい）、意志（〜よう）、命令（〜なさい）、推量（〜だろう）などが表れる。

(1) もし切符《きっぷ》が買えればぜひ行ってみたい。
(2) 値段があまり高くなければ買おう。
(3) 子供の服は着やすく、丈夫《じょうぶ》でさえあればじゅうぶんです。
(4) かさを持ってくればよかったなあ。
(5) 昔《むかし》は結婚《けっこん》しなければ一人前と認められなかった。

【注】 右の文は「たら」でも言える。

c　前置きや慣用的な使い方。

(1) よろしければどうぞお使いください。
(2) 思えば一人でよくここまで頑張《がんば》ったものだ。
(3) できれば手伝ってほしい。
(4) どちらかと言えばスポーツは苦手なほうです。

【注】 並列《へいれつ》の「ば」は75ページ参照。

2　たら(ば)

行ったら／行かなかったら、安かったら／安くなかったら、静かだったら／静かで(は)なかったら。b～dは動詞のタラ形のみ。

a　前件の条件が成立した時点にたって後件を述べる［仮定条件］。「ば」と同様、後件には話し手の希望、意志、命令、推量などが表れる。

(1) あしたの朝早く起きられたらジョギングをしよう。

(2) 日曜日の午前中だったらば家にいるかもしれません。
(3) 荷物が重かったら持ってあげますよ。
(4) ボーナスがたくさん出たら海外旅行に行きたい。
(5) あと五分早く家を出ていたら間にあったのに。

b　理由、きっかけを表す。文末は過去形。

(1) 薬を飲んだら頭痛が治りました。
(2) 母の日に贈《おく》り物をしたら、母はとても喜んだ。
(3) 花瓶《かびん》を落としたら割れてしまった。
(4) お湯で洗ったらきれいになった。

c　「その時」または「その後で」という意味を表す。

(1) 父が帰って来たら相談しよう。
(2) お湯が沸《わ》いたら塩を入れ、スパゲッティをゆでてください。
(3) 向こうに着いたら手紙を書きます。
(4) 散歩をしていたら、急に雨が降ってきた。
(5) 十五分ほど待ったらバスが来ました。

d　ある行動の結果分かったことを表す［発見］。後件は話し手の意志とは無関係な事実が続く。文末は過去形。

(1) 海へ泳ぎに行ったら、波が高くて遊泳禁止だった。

(2) 友達の家を訪ねたら、留守でした。
(3) 食べてみたら、思ったよりおいしかったです。
(4) 前売り券を買いに行ったら売り切れだった。

【注】
a 「たら」の文は「そ(う)したら」を使っても言える。
(1) あしたの朝早く起きられたら、そしたらジョギングをしよう。(a(1))
(2) 前売り券を買いに行った。そうしたら売り切れだった。(d(4))

b 「〜たらどうですか」は相手にある行動をすすめる言い方。
(1) もう遅《おそ》いから残りは明日にしたらどうですか。

3 なら(ば)

行く／行かない／行った／行かなかった(の)なら。イ・ナ形容詞、名詞も同様に続く。安い(の)なら、静かなら。動詞、イ形容詞は「〜のなら」の形で使うことが多い。

a 「もし〜だったら」の意味を表す。名詞、ナ形容詞につくことが多い［仮定条件］。
(1) なっとう以外なら日本の食べ物はなんでも好きです。
(2) そのアパート、学校に近くて安いんならぜひ借りたいですね。
(3) 必要でなかったのなら、返してください。
(4) 郵便局に行くのならついでに切手を買って来てください。
(5) もし生まれ変わることができるなら、また男に生まれたいですか。

【注】「たら」で言い換《か》えられる。例文(2)と(5)は「ば」でも言い換《か》えられる。

b 動詞について、ある事柄《ことがら》が起こる、または起こっていることを認め、それに対する話し手の意志、意見を述べる。「もし～(するつもり)だったら、私はあなたに今、次のような助言をする」という意味。

(1) 京都に行くなら新幹線が便利ですよ。
(2) 長距離《ちょうきょり》電話をかけるなら夜八時以降は安くなりますよ。
(3) 本を読んでいるのなら電気をつけなさい。
(4) 日本語を習うのなら、ひらがなから始めたほうがいい。
(5) ご飯を食べないんなら、もう寝《ね》なさい。

c 名詞に続いて、話題提示を表す。

(1) そのことならもういいんです。
(2) 旅行のことなら当旅行社にお申し付けください。
(3) すしならあの店が安くておいしい。
(4) ひらがななら読める。

【注】

a 「～(よ)うものなら」は、前の文で述べたことがきっかけになって大変な事になるという意味を表す。

(1) そんなことをしようものなら死んでしまう。

b 「～ものなら」は、実現は難しいが、そうなればいいという希望を表す。

(1) できるものなら、定年退職後はのんびりと好きなことをして暮《く》らしたい。

c 「とすれば、とすると、とするなら」も「なら」と同じように使う。

(1) テレビが茶の間のものであるとするなら、ラジオはいまや個室のものである。
(2) 時間を戻《もど》すことができるとすれば、もう一度子供になりたい。

4　と

行く／行かないと、安い／安くないと、静かだ／静かで(は)ないと。c～eは動詞に続く形のみ。

a　前件の条件を満たす時は、いつも自動的に直《ただ》ちに後件が成立する［恒常《こうじょう》条件］。自然現象、真理、習慣などを表す。

(1) 春になると　桜《さくら》が咲《さ》きます。
(2) おなかがいっぱいになると眠《ねむ》くなる。
(3) 水素と酸素が結合すると水になる。
(4) 水の中だと身体が軽くなります。
(5) 暑いと汗《あせ》が出る。

【注】「ば」でも言える。

b　「もし～だったら、自然に～になる」の意味［仮定条件］。「ば」、「たら」と違《ちが》って、後件に話し手の希望、意志、命令、誘《さそ》い、勧めなどは使えない。

(1) 子供を無理に勉強させると勉強嫌《ぎら》いになる。
(2) ドルはいま円になおすといくらですか。
(3) 平日だと映画館はすいていますよ。
(4) 漢字が読めないと困ることが多い。
(5) 天気が悪いと山へ行くのは無理でしょう。

【注】 例文(4)、(5)のように後の文が否定的判断を表す時は「～ては」も使える。
(1) こんなにやかましくては勉強出来ない。

c　「その時」または「〜してすぐ」の意味を表す。主語は同じことが多い。

(1) 朝起きるとすぐシャワーを浴びる。

(2) 彼《かれ》は本を手に取ると読み始めた。

(3) 彼女《かのじょ》は部屋《へや》に入ると窓を開けた。

(4) 部屋《へや》にいると外で車の止まる音がしました。

(5) 食事をしていると、急にグラッとゆれた。

【注】主語が同じ時は「て」で、他の時は「たら」で言い換《か》えられる。

d　理由、きっかけを表す。「たら」のbと同じ。

(1) 窓を開けると寒い風が入った。

(2) その話を聞くと悲しくなった。

(3) 先生に注意されると、学生はおしゃべりをやめた。

(4) 交番で道を聞くと親切に教えてくれた。

e　ある行動の結果分かったことを表す［発見］。後件は状態を表す表現の過去形。「たら」のdとほとんど同じだが、「たら」ほど意外性はない。

(1) デパートへ買い物に行くと定休日だった。

(2) 交番で道を聞くと親切に教えてくれた。

(3) 友達を見舞《みま》いに病院へ行くともう退院していました。

(4) 駅に着くと電車はもう出たあとだった。

【注】逆接の「と」は44ページ参照。

「ば」、「たら」、「なら」、「と」の違《ちが》い

1　「なら」は「AならB」の形で、「Bが先で、Aが後」という時間的関係を表す時は「ば」、「たら」、「と」では置き換《か》えられない。

【例】(1)　写真を撮《と》るならカメラを貸してあげよう。（A＝写真を撮《と》る　B＝カメラを貸す）

2　「たら」は、「同じ人がAをした後でBをする」という意味の文で、後件に話し手の命令や依頼《いらい》などがある時は、「ば」、「と」では言い換《か》えられない。

【例】(1)　手紙を書いたらこの封筒《ふうとう》に入れてください。

3　「ば」はふつう文末に過去形は使えないが、「たら」と「と」は使える。

【例】(1)　電気をつけると／つけたら、明るくなった。

×(2)　電気をつければ明るくなった。

4　「と」は文末に意志や命令などは使えないが、「ば」、「たら」、「なら」は使える。

【例】(1)　天気が良ければ／良かったら／良いなら出掛《でか》けよう。

(2)　何が問題があれば／あったら／あるなら、相談に来なさい。

練習問題〔一〕

一　正しいほうを選びなさい。

1　君が読んでみて（a　面白いと　b　面白ければ）僕《ぼく》も読んでみよう。
2　この本を読む（a　と　b　なら）貸してあげます。
3　四月に（a　なれば　b　なったら）お花見に行きましょうね。
4　機会が（a　あれば　b　あると）富士山に登ってみたい。
5　主人は朝起きる（a　なら　b　と）新聞を読む。
6　もし新しいのを買ってくれる（a　なら　b　と）赤いのがいいなあ。
7　もう少し勉強（a　するなら　b　すれば）よかったと思います。
8　三十分ほど（a　たつなら　b　たつと）帰ってきました。
9　買い物に行く（a　なら　b　と）私も連れて行ってください。
10　雨が（a　降り出したら　b　降り出せば）洗濯物《せんたくもの》を入れてください。
11　梅雨《つゆ》に入る（a　なら　b　と）うっとうしい日が続く。
12　やっと日本語が自由に話せるように（a　なれば　b　なったら）もう帰らなければならない。

二　正しくないものを一つ選びなさい。

1　ひまが｛a あるなら　b あると　c あったら｝勉強しなさい。

2　今、いい映画をやって｛a いると　b いれば　c いたら｝見に行きたいです。

3　家に｛a 帰ると　b 帰れば　c 帰ったら｝母から手紙が来ていた。

4　テレビが｛a 見たければ　b 見たかったら　c 見たいと｝先に宿題をやってしまいなさい。

5　さっき外へ｛a 出ると　b 出るなら　c 出たら｝雨が降っていた。

6　大きな音で音楽が｛a 聞きたいと　b 聞きたければ　c 聞きたいなら｝イヤホンをつけるべきだ。

7　その店へ｛a 行くと　b 行けば　c 行ったら｝閉まっていた。

8　うそだと｛a 思ったら　b 思うと　c 思うなら｝みんなに聞いてごらんなさい。

9　おもちゃにちょっと｛a さわると　b さわったら　c さわるなら｝こわれてしまった。

10　勉強しようと思って机に｛a 向かうと　b 向かえば　c 向かったら｝電話がなった。

11　うわさ話をして｛a いれば　b いると　c いたら｝当の本人がやって来た。

12　その言葉は辞書を｛a 見れば　b 見たら　c 見るなら｝出ていますよ。

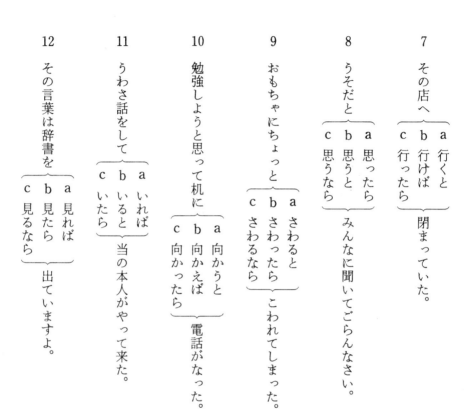

三　（　　）の言葉を適当な形に直して文を完成しなさい。

1　一に一を（　　）二だ。（足す）
2　きのう原宿へ（　　）先生に会った。（行く）
3　うちの犬は主人を（　　）走ってくる。（見る）
4　部屋《へや》で本を（　　）友達が来た。（読む）
5　食事を（　　）一緒《いっしょ》にしましょう。（する）
6　質問が（　　）いつでも聞きにいらっしゃい。（ある）
7　畳《たたみ》の上に（　　）足がしびれる。（座る）
8　写真が（　　）送ってください。（できる）
9　日本語を（　　）あの学校に入るといい。（習う）
10　（　　）言ってくださいね。ストーブをつけますから。（寒い）

四　上と下を結んで正しい文を作りなさい。

A
1　この薬を飲むと　　　a（　　）食前がいいですよ。
2　この薬を飲めば　　　b（　　）いつも眠《ねむ》くなります。
3　この薬を飲むなら　　c（　　）治るでしょう。
4　この薬を飲んだら　　d（　　）どうですか。

B
1　デパートへ行けば　　a（　　）その前に銀行へ寄ってください。

2　デパートへ行ったら　　b（　）休みでした。
3　デパートへ行くと　　c（　）香水《こうすい》も買って来て下さい。
4　デパートへ行くのなら　　d（　）何でもあります。

C
1　パソコンを買うなら　　a（　）貯金がなくなってしまった。
2　パソコンを買うと　　b（　）仕事が早くできる。
3　パソコンを買えば　　c（　）秋葉原《あきはばら》の店が安いですよ。
4　パソコンを買ったら　　d（　）私にも使わせてください。

D
1　家に帰ると　　a（　）いっしょに帰りましょう。
2　家に帰れば　　b（　）休めます。
3　家に帰ったら　　c（　）手紙が来ていました。
4　家に帰るのなら　　d（　）勉強しなさい。

〔二〕先に理由を述べ、後に結果を述べる言い方［帰結］

A　［から、ので、て］

1　から

行く／行かない／行った／行かなかったから。イ・ナ形容詞、名詞も同様に続く。
安いから、静かだから。～だろうから、～まいから。

a　原因や理由を主観的に表す。後の文に推量、要求、命令などの形が使える。

(1)　あした家でパーティーをしますから、来てください。
(2)　子供でさえできたのだから、大人にできないはずがない。
(3)　あの人は来そうもないから、もう帰ろう。
(4)　これは難しいだろうから、辞書を使ってもいい。
(5)　ここは静かだからよく寝《ね》られるだろう。

【注】
a　理由を後に述べる場合もある。
(1)　手紙より電話で知らせましょう。そのほうが早いから。
(2)　私が反対したのはこういう結果を予想していたからだ。
b　前件が丁寧《ていねい》（です、ます）体の場合、後件も丁寧《ていねい》（です、ます）体になる。

b　「からには」の形で使い、理由を強調する。後の文に「当然～しなければならない」、「～するつもりだ」のような義務や決意などの表現が続く。

(1)　秘密を知られたからには生かしておけない。
(2)　必ず優勝すると皆《みな》の前で宣言したからにはこの試合に負けられない。
(3)　日本人であるからには着物を持っているはずだと思う外国人がまだ多いでしょうね。
(4)　事故につながる欠陥《けっかん》が見つかったからには、至急、車を回収しなければならない。

【注】
a　「以上」も「からには」と同じ意味で使う。
(1)　学生である以上、まず、勉強するべきだ。
b　時間を表す「～てから」は91ページ【注】参照。

2　ので

行く／行かない／行った／行かなかったので。イ・ナ形容詞、名詞も同様に続く。
安いので、静かなので。

原因、理由などを客観的に表す。後の文に推量、意志、要求、命令などの形は使えない。

(1)　夕べはよく眠《ねむ》れなかったので今日は頭が痛い。
(2)　電車の事故があったので遅《おそ》くなりました。
(3)　きょうは風が強いので窓がガタガタいいます。
(4)　あしたは子供の日なので学校は休みです。
(5)　佐藤《さとう》さんは今年八十歳《さい》になるが、足が丈夫《じょうぶ》なので富士山に登るそうだ。

【注】
a　右の文は「から」を使っても言える。
b　人にものを頼《たの》んだり丁寧《ていねい》に話すときは「ので」を使う。特に女性は「ので」を使うことが多い。
(1)　急ぎますので、お先に失礼します。

3　て／で

行って、安くて、静かで。

理由を表すが、「から」「ので」より原因と結果の関係は弱い。後件には積極的な意志を表す表現は使えない。前件の結果自然にそうなる、やむを得ずそうするというような表現が続く。

(1)　この部屋《へや》は静かでよく眠《ねむ》れる。
(2)　声が小さくて聞こえません。
(3)　日本のおふろは熱すぎて入れません。

(4) 田中さんに会えなくて残念でした。

(5) 病気で一週間学校を休んだ。

【注】a 他の「て」の用法は90ページ参照。

b 動詞の連用形も「て」と同じように理由を表すことができる場合がある。

(1) 子供に泣かれ、困った。

練習問題〔二〕のA

一 例のように文を作りなさい。

【例】字が小さい。読みにくい。（て）

【答】字が小さくて読みにくい。

1 忙《いそが》しい。手紙を書く暇《ひま》もない。（て）

（　　　　　　　　　　）

2 あの人は正直だ。みなに信用されている。（ので）

（　　　　　　　　　　）

3 地震《じしん》だ。新幹線が止まった。（で）

（　　　　　　　　　　）

4 試験が終わった。たくさん遊ぼう。（から）

（　　　　　　　　　　）

5　会社が倒産《とうさん》した。失業してしまった。（て）

（　　　　　　　　　　　　　　　　）

6　十年ぶりに友達に会った。見《み》違《ちが》えてしまった。（ので）

（　　　　　　　　　　　　　　　　）

7　あの人はよく勉強している。入学試験に合格するだろう。（から）

（　　　　　　　　　　　　　　　　）

8　この部屋《へや》はきれいだ。気持ちがいい。（で）

（　　　　　　　　　　　　　　　　）

9　彼女《かのじょ》は自分勝手だ。嫌《きら》われている。（ので）

（　　　　　　　　　　　　　　　　）

10　難しい漢字がある。読めない。（て）

（　　　　　　　　　　　　　　　　）

11　漫画《まんが》がこれだけ若者の間に人気がある。その影響《えいきょう》を無視することはできない。（からには）

（　　　　　　　　　　　　　　　　）

12　天候が悪かった。飛行機の出発が遅《おく》れた。空港で随分《ずいぶん》待たされた。（て、ので）

（　　　　　　　　　　　　　　　　）

二　（　）に適当な言葉を入れて文を完成しなさい。

1　今の所は（　　　　　）から、もっと広い所へ引越《ひっこ》したいのです。

2　お金が（　　　　　）ので、その本を買うことができなかった。

3　雨が（　　　　　）て、山登りは中止になった。
4　あの店は料理が（　　　　　）ので、いつも込《こ》んでいる。
5　風邪《かぜ》を（　　　　　）て、頭が痛い。
6　あしたは（　　　　　）ので、仕事は休みです。
7　今、野菜が（　　　　　）から、たくさん食べましょう。
8　父は（　　　　　）で、入院している。

三　一番いいものを一つ選びなさい。

1　この水は {a きたなくて / b きたないから / c きたないので} 飲んではいけません。

2　用事が {a あって / b あるから / c あるので} お先に失礼いたします。

3　そろそろお父さんが帰って {a 来て / b 来るだろうから / c 来るだろうので} 食事の支度《したく》をしましょう。

4　今日は {a 暑くて / b 暑いから / c 暑いので} いやですねえ。

5　軽い｛a 貧血で／b 貧血だから／c 貧血なので｝二、三時間休めば治るでしょう。

6　｛a 危険で／b 危険ですから／c 危険なので｝無理なご乗車はおやめください。

7　テーブルの上が｛a 汚《よご》れていて／b 汚《よご》れているから／c 汚《よご》れているので｝ふいてくれませんか。

8　時間が｛a なくて／b ないから／c ないので｝早くしろ。

9　もう日が｛a 沈《しず》んで／b 沈《しず》んだから／c 沈《しず》んだので｝みな仕事をやめて家に帰った。

10　｛a 恥《は》ずかしくて／b 恥《は》ずかしいから／c 恥《は》ずかしいので｝赤くなってしまった。

11　せっかくですが、ほかに約束《やくそく》も｛a あって／b あるから／c あるので｝伺《うかが》えません。

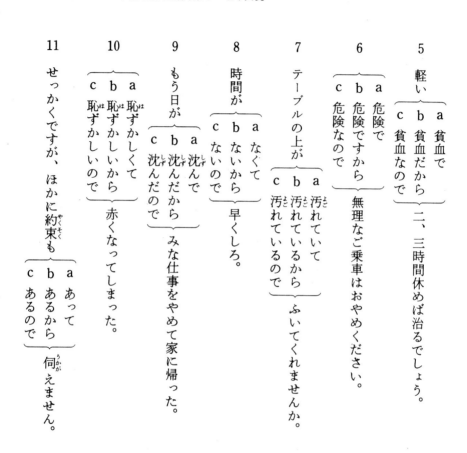

B

［ため、その結果、だから、したがって、ゆえに］

1　**ため（に）／そのため（に）／このため（に）**

行く／行かない／行った／行かなかったため（に）。イ・ナ形容詞、名詞も同様に続く。安いため（に）、静かなため（に）、子供のため（に）。～であるため（に）。

「そのため（に）」「このため（に）」は句と句、文と文をつなぐ。

a　特別な事柄《ことがら》が起こったその原因を強調する。

(1)　事故のため、道が込《こ》んでいました。

(2)　私がばかなために こんな事になってすみません。

(3)　時間が足りなかったために試験が出来なかった。

(4)　今年の冬は暖冬で、そのため、冬物衣料や暖房《だんぼう》器具はあまり売れなかったそうです。

(5)　日本は国内に天然資源がほとんどありません。このため、海外からの輸入に依存《いぞん》しています。

b　目的を表す。「行く／行かないため（に）、子供のため（に）」の形で使う。

(1)　子供を大学へ行かせるために、母親がパートタイムで働いている。

(2)　やせるためにダイエットを始めた。

(3)　フランスにぜひ留学したい。が、そのためにはもう少しフランス語の勉強が必要だ。

(4)　世界平和のために尽《つ》くした人にノーベル平和賞が贈《おく》られる。

2　その結果

句と句、文と文をつなぐ。

前のことが原因、理由となって、後の結果が起こるという意味。

(1) 去年から入試制度が変わり、その結果、前よりいっそう受験生の負担が増えることになった。

(2) よい毛皮が捕《と》れるというので狼《おおかみ》を乱獲《らんかく》した。その結果、日本狼《おおかみ》は絶滅《ぜつめつ》してしまった。

3　だから／ですから

文と文を接続する。

前の事柄《ことがら》の当然の結果として後の事柄《ことがら》が起こるという話し手の判断を表す。「ですから」は丁寧《ていねい》な話し言葉で使う。

(1) 田中さんは公務員だ。だから、不況《ふきょう》の時も失業する心配がない。

(2) 去年の冬は風邪《かぜ》をこじらせてひどい目にあいました。ですから、今年はよく気をつけるつもりです。

(3) 日本では終身雇用《こよう》制が普通《ふつう》だ。だから、みな会社のために一生懸命《けんめい》働く。

(4) これは無農薬、有機栽培《さいばい》のみかんです。ですから安全だし、とてもおいしいですよ。

(5) この辺は夜は冷える。だから、セーターを持って行ったほうがいいと思う。

【注】

(1) 右の文は「から」でも言い換《か》えられる。

この辺は夜は冷えるから、セーターを持って行ったほうがいいと思う。

4　したがって〔従って〕

句と句、文と文をつなぐ。

「だから」と同じような意味だが、理由よりも結果を強調する。書き言葉に使われる硬《かた》い表現。後の文に意志表現は使えない。

(1) 日本は火山が多い。したがって温泉も多い。

(2) 明治維新《いしん》後、新聞や雑誌で外国の文化や生活が人々に知らされた。したがって人々の生活も次第に変わってきた。

(3) 国連に加入《かにゅう》すれば国連に対して軍事義務を負わねばならず、したがって中立と相入れなくなる。

(4) 過半数の人が賛成しました。したがって、この案は可決されました。

5　ゆえに〔故に〕／それゆえ(に)〔それ故(に)〕

句と句、文と文を接続する。

原因、結果を表す文語的表現。数学、哲学《てつがく》、論文などで使われる。

(1) 「我思う。ゆえに我あり。」（デカルト）

(2) 三つの辺が等しい。ゆえに三角形ABCは正三角形である。

(3) 外国人であるゆえに特別扱《あつか》いされるというのはいやだ。

(4) 昔《むかし》は女性に生まれたがゆえに、教育も受けられない人が多かった。

(5) 人間は直立歩行し、火と道具を使うことを覚えた。それゆえに、他の動物とは異なる道を歩《あゆ》むこととなった。

練習問題〔二〕のB

一 （　）の言葉を適当な形に変えて、文を完成しなさい。

1 私の自転車は古くなってしまいました。だから（新しいのを買う）（　　　）

2 彼《かれ》はあまりに自分の力を過信していた。それゆえに（人々の忠告を聞く）（　　　）

3 日本はまだまだ学歴社会であるがゆえに（大学を卒業する）（　　　）

4 一生懸命《けんめい》日本語を勉強した。その結果（新聞を読む）（　　　）

5 京都は千年もの間日本の都であった。したがって（古い伝統が残る）（　　　）

6 彼《かれ》は家庭を省《かえり》みなかった。それゆえ（子供たちは父に親しみを感じる）（　　　）

二 「だから」、「ですから」、「したがって」、「ゆえに」、「その結果」、「そのため」をそれぞれ一度ずつ使って、正しい文にしなさい。

1 台風が近づいている。（　　　）風雨が強くなってきた。

2　おなかがぺこぺこだ。（　　）なんでもおいしく食べられるだろう。

3　AはBより大きい。BはCより大きい。（　　）AはCより大きい。

4　開発の名の下《もと》にわれわれは森林を破壊《はかい》してきた。（　　）地球の砂漠《さばく》化は急速に進んでいる。

5　学校は九時に始まります。（　　）もう出掛《でか》けたほうがいいです。

6　東京は日本の首都である。（　　）国会議事堂を初め、各省や国の重要機関が集中している。

三　（　）の中から最も良いものを一つ選びなさい。

1　雨が降ってきた。｛a したがって／b だから／c そのため｝急いで帰ろう。

2　彼《かれ》は寝食《しんしょく》を忘れて研究に没頭《ぼっとう》した。｛a その結果／b そのため／c それゆえに｝とうとう成功した。

3　すぐ帰ってきます。｛a そのため／b したがって／c ですから｝ここで待っていてください。

4　もっと会話が上手《じょうず》になりたいです。{a したがって／b ゆえに／c だから} 今、近所の子供と話しています。

5　火は不思議な力を持っている。便利だけれども、危険でもある。{a したがって／b ですから／c その結果} 人間の心の中に火に対する畏怖《いふ》感が生まれた。

6　彼《かれ》は会社の金を使いこんだ。{a そのために／b ゆえに／c したがって} 会社を首になった。

7　主催者《しゅさいしゃ》側がすべて準備をすることになっている。{a その結果／b ゆえに／c したがって} 我々は当日、会場に行きさえすればいい。

〔三〕話が発展していく言い方［展開］

A ［すると、そこで、それで、それでは］

1　（そう）すると／とすると／と

文と文を接続する。

a　ある物事に続いてほかの物事が起こる場合に使う。後件は過去形。「とすると」は使えない。

(1)　上の子が泣いた。と、下の子も泣き出した。

(2)　おじいさんが竹を二つに割りました。すると中からかわいい女の子が出てきました。

(3)　「開け。ゴマ」と言ってみた。すると　扉《とびら》が開いた。

(4)　リトマス試験紙を浸《ひた》してみた。そうすると色が青に変わった。

【注】　右の文は条件の「と」でも言い換《か》えられる。

(1)　上の子が泣くと、下の子も泣き出した。

b　今まで聞いた事などを理由とすれば、当然、次のように考えられるという意味［結論］。「と」は使えない。

(1)　「あの店は毎月十五日が休みだね。」「今日は十五日ですよ。」「するとあの店へ行ってもだめだね。」

(2)　「日本の人口は一億二千万人ぐらいで、東京にはその十分の一の人が住んでいます。」「そうすると東京の人口は一千二百万ぐらいですか。」

(3)　子供が男の事をパパと呼んでいる。とすると、あの二人は親子のはずだ。

(4)　いつも金に困っている彼《かれ》が大金を持っているとのうわさだ。するとやはり彼《かれ》は犯人の一人に違《ちが》いない。

【注】　「すると」には時間を表す使い方もある。

(1)　道を歩いていた。すると後ろから誰《だれ》かが私の名を呼んだ。

2　そこで

句と句、文と文を接続する。

前の事柄《ことがら》を受けて場面を設定し、それに対する意志的行動か、自然ななりゆきを述べる。後の文は動詞文。

(1) 電話のベルが鳴った。そこで、受話器を取った。
(2) 救急車が近づいて来た。そこで、ドライバーは道路の端《はし》に寄って停車した。
(3) あまり時間がない。そこで結論を急ごう。
(4) ドアのペンキを塗《ぬ》り終わったら、そこで一休みしてください。
(5) 結婚式《けっこんしき》は普通《ふつう》の女性にとって一生に一度の晴れ舞台《ぶたい》である。そこで、たった二時間ほどのために何百万円もの大金を使うのだろう。

3 それで／で

文と文を接続する。

後の文に依頼《いらい》、命令などの積極的な意志表現は使われない。「で」は話し言葉で使う。

a 「前の事柄《ことがら》が理由で、こうなってしまった」という事態を客観的に述べる。「ので」と同じような意味で使う。

(1) 妹はこのごろ甘《あま》いものばかり食べています。それで太ってしまいました。
(2) 今月は大学の授業料、アパートの部屋《へや》代などでお金がたくさんかかります。それでアルバイトをさがしているんです。
(3) あの社長はなかなか頑固者《がんこもの》らしい。それで周りの人間は困っているようだ。
(4) 私一人でこんな重大なことは決めかねます。で、今日は相談にあがったのです。

b　「その結果は（どうなりましたか）。」「それから（どうですか）。」というふうに、相手の話を次から次へと聞き出す時に使う。

(1)「彼《かれ》は怒《おこ》って帰ってしまいました。」「それであなたはどうするつもりですか。」
(2)「きのう彼《かれ》とテニスの試合をしました。」「それでどちらが勝ちましたか。」
(3)「彼女《かのじょ》はだめだって言うんだ。」「で、君はどう言ったんだい。」
(4)「昨日は弱りましたよ。部長に呼ばれましてね。」「それで……。」「部長の息子《むすこ》に英語を教えてくれって言うんですよ。」

4　それでは／では／それじゃ(あ)／じゃ(あ)

文と文を接続する。「それじゃ(あ)」「じゃ(あ)」はくだけた言い方。

a　何かを始める時、終わるとき、別れるときなどに話し言葉で一番初めに使う。

(1)「私は山田です。今日から皆《みな》さんと一緒《いっしょ》に勉強することになりました。それではテキストの三十ページをひらいてください。」
(2)「それでは時間になりましたから、今日はこれで。」
(3)（皆《みな》で話し合っている話し合いがとぎれ、一人が時計を見て）「じゃ、僕《ぼく》はこれで……。」（しばらくするともう一人が）「じゃ、私も……。」
(4)「皆《みな》さん、用意は出来ましたか。では、始めましょう。」

b　前の文を受け、「そのようなわけなら」という話し手の意志、判断、提案などを述べる。

(1)　A「明日の夜、映画へ行きませんか。」

B「いいですね。何時にどこで会いましょうか。」
A「六時にあなたの所へいきますよ。」
B「わかりました。それでは、明日の六時に。」

(2) A「どこかこの近所でいい店を御存じですか。」
B「この近所ですね。では、レーヌはどうですか。感じのいい店ですよ。」

(3) 患者《かんじゃ》「先生、ちょっと気分が悪いのですが……。」
医者「それではしばらくの間、横になって休んだ方がいいですね。」

(4) A「もう十時ですよ。」
B「じゃ、出掛《でか》けましょう。」

(5) A「今日の会には用事があるので行けない。」
B「僕《ぼく》も頭が痛いので休む。」
C「それじゃ僕《ぼく》も止《や》める。」

「すると」、「だから」、「そこで」、「それで」、「それでは」の違《ちが》い

1 「すると」の後に意志的事柄《ことがら》を述べることはできないが、「そこで」はできる。

【例】
(1) 外が暗くなった。すると、街灯《がいとう》が自動的についた。
(2) 外が暗くなった。そこで、電灯《でんとう》をつけた。

2　「そこで」は「ある状態の時に～をする」という意味なので、前件が理由を表さない時でも使えるが、「それで」は理由にならない時は使えない。

【例】(1)　ドアのチャイムが鳴った。そこで／それで、ドアを開けた。

(2)　前奏がおわったら、そこで歌い始めてください。

3　「それで」は文末にイ形容詞が使えるが、「そこで」はできない。

【例】(1)　食べすぎてしまった。それでおなかが苦しい。

×(2)　食べすぎてしまった。そこでおなかが苦しい。

4　「だから」は原因、理由を積極的に述べるが、「それで」には積極的な意味はない。

【例】(1)　食べすぎてしまった。だから胃薬を飲んでおこう。

5　「それでは」は相手の話を聞いて自分の意見や判断を述べるのに対し、「それで」は相手の話を促《うなが》す場合に使う。

【例】(1)　「あの人はイスラム教徒だそうですよ。」「それでは肉の料理は出さないほうがいいですね。」

(2)　「うまい魚を食べさせる店があるっていうから、きのう会社の帰りに寄ってみたんだ。」「それでどうだった？」

練習問題〔三〕のA

一　「すると」、「そこで」、「それで」、「それでは」を一度ずつ使って次の文を書き直しなさい。

1　友人が日本へ遊びに来たので成田まで迎《むか》えに行った。
（　　　　　　）

2　浦島太郎《うらしまたろう》が玉手箱《たまてばこ》を開けると中からパッと白い煙《けむり》が出てきた。
（　　　　　　）

3　「たばこのせいか、のどが痛いです。」「窓を開けましょう。」
（　　　　　　）

4　健康の秘訣《ひけつ》は腹八分目になったら、はしを置くことです。
（　　　　　　）

二　「すると」、「そこで」、「それで」、「それでは」の中から適当なものを選んで（　　）に入れなさい。

1　三分たったらベルが鳴ります。（　　　）目を開けてください。

2　おじいさんが灰をまきました。（　　　）枯《か》れ木に花が咲《さ》きました。

3　Aさんはこの頃《ごろ》ほとんどご飯を食べません。（　　　）やせてしまいました。

4　「もう終バスは出てしまいましたよ。」「（　　　）タクシーで帰りましょう。」

5　時計の針が十二時をさしました。（　　　）シンデレラは元の姿に戻《もど》ってしまいました。

6　きのうは酒を飲みすぎた。（　　　）今日は頭が痛い。

7 「ゆうべは飲みすぎて今日は頭が痛いよ。」「（　　　）当分、禁酒するんだね。」

8 私が合図しますから、（　　　）皆《みな》さんは拍手《はくしゅ》をしてください。

三　一番いいものを選びなさい。

1 ふと窓の外を見た。{a そこで / b それで / c すると} 雨が降っていた。

2 健康診断《しんだん》の結果、太りすぎだと言われた。{a そこで / b それでは / c すると} 運動を始めることにした。

3 きょうは寝不足《ねぶそく》です。{a そこで / b それで / c それでは} 眠《ねむ》くてしかたありません。

4 これは安いです。{a そこで / b それで / c すると} 私にも買えました。

5 「今掃除《そうじ》したばかりです。」「{a そこで / b それで / c それでは} きれいでしょう。」

6　「さっき先生に呼ばれました。」「{a それで　b それでは　c すると}先生に何て言われました?」

7　林の中を歩いていた。{a そこで　b それでは　c すると}向こうから誰《だれ》かがやってきた。

8　これで私の話は終わります。{a そこで　b それで　c それでは}何か御質問がございましたら、どうぞ。

9　信号が青に変わった。{a そこで　b それでは　c すると}私は道を渡《わた》り始めた。

B　[それなら、こうして、まして、一方]

1　それなら(ば)

文と文を結ぶ。

前の文の内容に対する話し手の意見や判断などを表す。後には意志や推量表現が続く。「それでは」のbと同じ。

(1)　「田中さんに赤ちゃんが生まれたそうですよ。」「それならお祝いしなければなりませんね。」

(2)「バスは大幅《おおはば》に遅《おく》れているそうです。」「それなら歩いて行きましょう。」

(3) 小さい子供に手伝いをさせると時間がかかってしょうがない。それならば遊んでてくれたほうがいいという母親がけっこう多い。

(4)「今日は都合が悪いですか。」「ええ。」「それならあしたはどうですか。」

【注】

a 「そんなら」はくだけた言い方。

(1)「この本は今読んでいるんだよ。」「そんならあれを貸してくれないか。」

b 「そしたら」も「それなら」と同じような使い方がある。

(1)「肉を買いすぎてしまったわ。」「そしたら冷凍《れいとう》しておけばいいよ。」

2　こうして

句と句、文と文を結ぶ。

前の文や段落で述べたことの結果を表す。「このようにした結果」という意味。

(1) 毎日、日本語学校に通い、友達をつかまえては会話の練習をし、テレビや子供たちの言葉に耳を傾《かたむ》け、こうしてだんだん日本語が上達した。

(2) 一八五四年に日本はアメリカとの間に条約を結び、下田《しもだ》、函館《はこだて》の二港を開くことにした。その後、イギリス、フランス等の国々とも同じような条約を結んだ。こうして二百年も続いた鎖国《さこく》は終わった。

(3) 江戸（今の東京）はさびしい漁村だった。が、徳川家康《とくがわいえやす》が江戸に移ってから、城を作り変え、海や沼《ぬま》を埋《う》め立て、商人や職人を集めた。こうして江戸は立派な城下町になった。

【注】

文語的な「かくして」、「かくて」という言い方もある。

3　まして

句と句、文と文を結ぶ。

前件を認め、後件は「いうまでもなく、なおさら大変だ、無理だ」という話し手の判断や意見を述べる。

(1) この仕事を一日で仕上げるのさえ大変なのに、まして三時間で終わらせるというのは無理だ。

(2) 空港からかなり離《はな》れているのにこんなにうるさいのだから、まして近くは耐《た》えられないだろう。

(3) 外国人が日本の文学を読むのは難しいです。まして、それについての評論を書くことはかなり難しいです。

(4) 私の書いたものが雑誌に載《の》るなんて思いもしませんでした。まして、賞を頂くなど夢《ゆめ》のようでございます。

4　いっぽう〔一方〕

句と句、文と文を結ぶ。

前の話に関連のあるもう一つの事柄《ことがら》について述べる時に使う。書き言葉的。主語は同じ場合も違《ちが》う場合もある。

(1) 彼《かれ》は有名な学者であるが、一方、作家としても活躍《かつやく》している。

(2) 兄は非常に社交家で友人が多い。いっぽう、弟のほうは人間よりも動物や鳥を友とするというタイプだ。

(3) その会社は若者対象の商品に力を入れている。一方、中、高年向きの製品の開発にも積極的である。

(4) この地方では夏は湿気《しっけ》が多いので熱帯のように蒸し暑くなる。一方、冬は厳しい寒さに見舞《みま》われる。

練習問題〔三〕のB

一　「まして」、「こうして」、「一方」、「それなら」の中から適当なものを選んで（　）に入れなさい。

1　「ちょっとこの辺で一息入れたいね。」「そうだな。（　）十分ぐらい休むか。」

2　母国語で演説をするのでさえ難しいのに（　）外国語でなど私には無理です。

3　明治になると憲法が発布《はっぷ》され、議会が召集《しょうしゅう》され、義務教育が普及《ふきゅう》していった。（　）日本は近代国家の仲間入りをしたのである。

4　北欧《ほくおう》では福祉《ふくし》制度が充実《じゅうじつ》している。が、（　）税金も高い。

5　高速道路からこんなに離《はな》れていても車の音がうるさいのだから、（　）道路の近くでは耐《た》えられないだろう。

6　「来週お客さんが来るんだけど、どこへ案内したらいいだろう。」「（　）やはり、箱《はこ》根《ね》とか日光がいいんじゃないの？」

二　文を完成しなさい。

1　ただでさえ勉強の時間がすくないのだから、ましてアルバイトなど（　）。

2　アメリカは広大な国土を持っている。一方、日本は（　　　　）。

3　「急に田中さんが来られなくなって、メンバーが一人足りなくなっちゃったんですよ。」
「それなら吉田さんを（　　　　）。」

4　ヨーロッパ、アメリカの学生は漢字の勉強が大変だと言う。いっぽう中国人は（　　　　）。

5　この仕事は二人でやっても夜までかかる。まして一人では（　　　　）。

6　歌舞伎《かぶき》はもともと女の人が始め、最初の頃《ころ》は男優も女優も演じていました。が、儒教《じゅきょう》の教えに反するという理由で、徳川《とくがわ》幕府によって女性の出演は禁じられるようになりました。こうして今のように男性だけが（　　　　）。

三　次の言葉を使って文を作りなさい。

1　まして
（　　　　）

2　こうして
（　　　　）

3　いっぽう
（　　　　）

4　それなら
（　　　　）

〔四〕

先に結論を述べ、後からその理由を述べる言い方［解説］

1　なぜなら(ば)／なぜかといえば／なぜかというと

文と文をつなぐ。

「そのわけは」という意味で、前の文の理由を述べる。理屈《りくつ》として説明をするので、抽象的《ちゅうしょうてき》な事柄《ことがら》や意見などについて使うことが多い。軽い会話ではあまり使わない。「なぜかと言うと」「なぜかと言えば」は話し言葉で使われる。

(1) 私は山田さんの意見に賛成です。なぜなら今はまだ動き始める時ではないと思うからです。

(2) 出発は見合わせるべきだ。なぜなら台風が接近しているからだ。

(3) その問題については早く決めなければならない。なぜなら我々が迷っている間に情況《じょうきょう》はどんどん悪くなっていくのだから。

(4) 皆《みな》が車を買うけれど、私はいらないと思う。なぜかと言えば東京は電車や地下鉄が非常に発達しているし、道路はいつも込《こ》んでいるし、駐車《ちゅうしゃ》する場所もないしね。

(5) 夏はさしみは食べないことにしてるんです。なぜかと言うと、ずいぶん前ですが一度食中毒をしたことがあって……。

2　だって

文と文をつなぐ。くだけた会話でよく使われる。書き言葉では使わない。

a　前の文の理由を言う。

(1) 今日は出かけてはいけません。だってあなたは風邪《かぜ》をひいているんだから。
(2) 全然食べられなかったわ。だってとっても辛《から》いんですもの。
(3) 本当に腹が立った。だって失礼なことばかり言うんだから。
(4) 今日はタクシーで来ちゃった。だって遅《おく》れそうだったんだ。

b　会話で相手の言葉に反対する気持ちを表したり言いわけをしたりする。

(1) 「まだ帰らないの。」「だってどうしても今日中にこれをしてしまわなければ……。」
(2) 「又《また》始まったな、隣《となり》の大騒《おおさわ》ぎが……。」「だって若いんだから、しかたないでしょう。」
(3) 「ずいぶん高いんだな。」「だって英国製ですもの。」
(4) 「あら、野菜を残したの。」「だって、もうおなかがいっぱいだよ。」

【注】
(1) 「でも」を使っても言える。56ページ参照。
「ずいぶん高いんだな。」「でも英国製ですもの。」

3　というのは／といいますのは

文と文をつなぐ。
前の文を述べた訳《わけ》を後からつけ加《くわ》えて言う。

(1) あの話は断ることにした。というのは、こちらの調査の結果あまり有利でないことが分かったのだ。
(2) 土曜日のコンサートに行かれなくなっちゃった。というのは、ちょうど同じ時間に先生に呼ばれてね……。
(3) 病院などで支払《しはら》った時には必ず領収書をもらい、とっておかなければいけない。というのは、税金の医療費控除《いりょうひこうじょ》を申告する時に必要なのだ。

【注】

1 (1) 「と申しますのは」という非常に丁寧《ていねい》な形もある。

彼《かれ》はたった一つだけいいことをした覚えがございます。と申しますのは、ある日森の中でクモを助けたことがあるのです。

2 (1) 「(それ)というのも」はやわらかい書き言葉的表現。

彼女《かのじょ》は今七匹《ひき》の猫《ねこ》を飼《か》っています。それというのも、小さい時から猫《ねこ》が好きで、頼《たよ》ってくる猫《ねこ》はどれも見捨てられないのです。

(2) 彼女《かのじょ》の仕事は皆《みな》に信頼《しんらい》されている。というのもデザイナーとしての今までの実績があるからだろう。

練習問題〔四〕

一 (　　)の中に「なぜなら(ば)」、「だって」、「というのは」の中から適当なものを入れなさい。

1 今度の旅行に参加できるかどうか……。(　　)このところ母の具合が悪くて、入院するかもしれないんです。

2 時間は意識的に有効に使え。(　　)今という瞬間《しゅんかん》は二度と戻《もど》ってこないのだから。

3 「早く寝《ね》なさい。」「(　　)宿題がまだ終わらないのよ。」

4 この結論は間違《まちが》っている。(　　)前提に誤りがあるからだ。

5 あの人は子供のころ田舎《いなか》で育ったんじゃないかな。(　　)花や草や虫の名前を実によく知っているんでね。

6 規則は尊重されなければならない。(　　)社会の秩序《ちつじょ》はそれによって保たれるのだ。

7　ゆうべ二時まで本を読んでしまったよ。（　　　　）すごく面白くてやめられなかったんだ。

二　いいほうを選びなさい。

1　外国旅行をしてただ都市から都市へと飛び歩いても、その国の本当の姿は分からない。（a　だって　b　なぜなら）庶民《しょみん》の生活の中にこそ本当の姿は現れるものなのだから。

2　「どうして行かないの。」「（a　なぜなら　b　だって）疲《つか》れちゃったんだもの。」

3　緊急《きんきゅう》避難《ひなん》に備えて、準備しておくことが必要です。（a　というのは　b　だって）近い将《しょう》来《らい》、大地震《じしん》が起こる可能性があるからです。

4　今度給料が上がらないと困るな。（a　だって　b　なぜならば）子供が私立に入学するんだ。

5　夢《ゆめ》を持って新しい社会の建設にたずさわる者は、何があってもくじけない。（a　だって　b　なぜならば）希望は忍耐《にんたい》と勇気を生み出すからである。

6　「彼《かれ》は今日学校へ来るかな。」「？」「（a　というのは　b　なぜならば）あの人に渡《わた》したい物があるんだけど。」

7　彼《かれ》は人をなぐってけがをさせた。しかし彼《かれ》の行為《こうい》は正当防衛と認められるはずだ。（a　なぜなら、b　というのも）相手は凶器《きょうき》を持って彼《かれ》を襲《おそ》ったのだから。

三　文を続けなさい。

1　初めて東京へ出て来た時は本当にびっくりした。というのは（　　　　）。

2　「あのお菓子《かし》みんな食べちゃったの？」

「だって、（　　　　　　　　　　　）。」

3　あの人にはいつも感心しています。と言いますのは（　　　　　　　　　　　）。

4　野菜は値上がりするに違《ちが》いない。なぜなら（　　　　　　　　　　　）。

5　「どうして同じようなシャツを三枚も買ったの。」

「だって、（　　　　　　　　　　　）。」

二　逆　接

〔一〕　条件を表す言い方

1　ても／でも

行っても／行かなくても、安くても／安くなくても、静かでも／静かで（は）なくても

a　前件の条件が満足されても、一般《いっぱん》常識または期待に反して後件が起ることを表す〔逆接の仮定条件〕。

(1)　たとえ雨でも試合は行います。

(2)　いくらいやでも仕事をやめるわけにはいかない。

(3)　遅《おそ》くても十時には帰りますから、心配しないでください。

(4)　高いものじゃなくても、心のこもったものをあげれば喜ばれる。

(5)　食べても食べても太れない。

【注】「たって／だって」は会話的、「とも／ども」は文語的な言い方。

(1) 下手《へた》だってかまわないから、やってごらんなさい。
(2) 行けども行けども目的地につかない。

b　前件の事実から当然予想される事と反対の後件が起こった事を示す［確定条件の逆接］。

(1) 彼《かれ》は老人でも足は丈夫《じょうぶ》だ。
(2) 何度電話をかけてもいつも留守のようだ。
(3) 若い二人はお金がなくても幸せでした。
(4) 仕事が忙《いそが》しかったので、具合が悪くても休めなかった。

c　対照的なことを述べる。

(1) 太郎は勉強はだめでも運動は得意だ。
(2) 運転免許《めんきょ》証はあっても車がない。
(3) この問題はやってもやらなくてもいい。

2　ところで

行ったところで。

a　前に述べたような事をしてもいい結果にならないことを表す。

(1) 今からではタクシーで行ったところで間に合わないだろう。
(2) 泣いたところでどうにもならない。
(3) 何度頼《たの》んだところであの人は聞いてくれませんよ。

(4) いくら話し合ったところで無駄《むだ》だった。

b 予想されるより、程度、量、数などが少ない場合に使う［限度］。

(1) 遅《おく》れたところで、せいぜい二、三分だろう。
(2) 彼《かれ》は出世したところで課長どまりだろう。
(3) 修理に費用がかかったところで五千円以内でしょう。
(4) 泥棒《どろぼう》に入られたところで、取られるものは布団《ふとん》ぐらいしかない。

【注】転換《てんかん》の「ところで」は103ページ参照。

3 と

行こう／行くまいと、安かろう／安くなかろうと、静かだろう／静かで(は)なかろうと。

前の事柄《ことがら》に関係なく、後の事柄《ことがら》をするという意味。

(1) たとえ一生かかろうと、借金は必ず返します。
(2) 日本人だろうと外国人だろうと構わず、どんどん日本語で話しかけます。
(3) 行こうと行くまいと勝手にしなさい。
(4) 人に恨《うら》まれようと憎《にく》まれようとかまわない。私は自分の職務を果たしているのだから。

【注】「が」も「と」と同じように使う。
(1) たとえ失敗しようが努力したということが大切なんです。

一（　）の言い方を使って、二つの文を一つにしなさい。

1　漢字を勉強する。覚えられない。（何時間〜ても）
（　　　　）

2　手術をしたとする。治るかどうかわからない。（仮に〜ても）
（　　　　）

3　忙《いそが》しい。食事はきちんととったほうがいい。（どんなに〜たって）
（　　　　）

4　何がある。私は約束《やくそく》を守る。（たとえ〜と）
（　　　　）

5　急いで走って行く。もう間に合わない。（いくら〜ところで）
（　　　　）

6　親友だ。そんなことは言うべきではない。（いくら〜でも）
（　　　　）

7　皆《みな》が何と言う。私の言葉を信じなさい。（たとえ〜と）
（　　　　）

二（　）の言い方を使って、二つの文を一つにしなさい。

1　叱《しか》られます。構いません。（たって）
（　　　　）

2　気分がわるいなら、横になります。いいです。（ても）

（　　　　　　　　　　　　　　　　　　　　　）

3　働きませんでした。親の遺産で生活できました。（ても）

（　　　　　　　　　　　　　　　　　　　　　）

4　押《お》します。引きます。びくともしません。（と、と）

（　　　　　　　　　　　　　　　　　　　　　）

5　歩きました。歩きました。なかなか目的地に着きませんでした。（ても、ても）

（　　　　　　　　　　　　　　　　　　　　　）

6　いまさら謝ります。どうにもなりません。（ところで）

（　　　　　　　　　　　　　　　　　　　　　）

7　贈《おく》り物は安いものです。大切なのは気持ちです。（でも）

（　　　　　　　　　　　　　　　　　　　　　）

8　損をします。たかだか二、三百円です。（ところで）

（　　　　　　　　　　　　　　　　　　　　　）

三　（　）の言葉を使って答えなさい。

1　雨が降ったら散歩をしませんか。（ても）

（　　　　　　　　　　　　　　　　　　　　　）

2　あなたはあまり食べないから太らないんでしょう。（いくら～ても）

（　　　　　　　　　　　　　　　　　　　　　）

3　にんじんは嫌《きら》いだから残してもいいですか。（でも）

（　　　　　　　　　　　　　　　　）

4　忙《いそが》しい時は宿題をしなくてもかまいませんか。（いいえ、どんなに～ても）

（　　　　　　　　　　　　　　　　）

5　あなたが注意したらやめるんじゃありませんか。（ところで）

（　　　　　　　　　　　　　　　　）

6　あの人は変な時間に電話してきますね。（ええ、～と～と）

（　　　　　　　　　　　　　　　　）

〔二〕前に述べた事に対して反対の事柄《ことがら》を続ける言い方［逆接］

A　［しかし、けれども、だけど、が、だが、ところが］

1　しかし

句と句、文と文を結ぶ。

a　前件の内容を受け、それと反対のことや一部分違《ちが》うことを下に続ける時に使う［逆接］。
説明文、論説文に非常に多く使われる。

(1)　旅行に行く時間も金もあるが、しかし、健康が許さない。

(2)　一生懸命《けんめい》に勉強した。しかし、試験の結果は悪かった。

(3)　車が追突《ついとつ》された。幸いなことに、しかし、誰《だれ》も怪我《けが》をしなかった。

【注】「しかしながら」は文語的な言い方。

(1) この数年来、日本の女性の社会的地位は向上した。しかしながら、欧米《おうべい》諸国に比べると、まだまだ責任ある地位につく女性は少ない。

b　対照的な二つの事柄《ことがら》を結ぶ［対比］。

(1) 私は甘《あま》い物が好きです。しかし、弟は辛《から》い物が好きです。

(2) 上の姉は結婚《けっこん》しているが、しかし、下の姉はまだ独身だ。

(3) きのうは一日中雨が降っていた。しかし、今日は五月晴《さつきば》れのおだやかな日になった。

c　前に述べた事柄《ことがら》を受けて、話し手の意見、感情を述べる。

(1) 彼《かれ》の放言癖《ほうげんへき》は昔から有名だが、しかし、今回のはあまりにもひどい。

(2) 彼女《かのじょ》のピアノ演奏はすばらしかった。しかし、一体どのぐらい練習しているのだろう。

(3) 日本人は長年、水と安全はただだと思ってきました。しかし、今回の水不足でその考えを改めなければならないでしょう。

d　話し言葉で話題の提示、場面づくりに使う。男性が使う。

(1) 「今、お帰りですか。」「ええ。しかし、寒くなりましたね。」

(2) 「毎朝、電車が込《こ》みますねえ。」「そうですね。しかし、不況《ふきょう》でどこも大変ですね。」

【注】　女性は「でも」を使う。

2　けれども／けれど／けど（も）

句と句、文と文を結ぶ。

「けども」「けど」は話し言葉で使うくだけた言い方。

a　前件の事柄《ことがら》を認めた上で、さらに後に述べる事柄《ことがら》も同時に成り立つことを表す［逆接］。「しかし」より前件を認める気持ちが強い。

(1) 今はまだ五月です。けれども今日は真夏のように暑いですね。

(2) 彼《かれ》は体格は立派だけど、病気ばかりしている。

b　対照的な二つの事柄《ことがら》を結ぶ。「しかし」のbより柔《やわ》らかい感じを与える［対比］。

(1) 漢字は読めるけれども、書けません。

(2) 英語は左から右へ書くけれど、アラビア語やヘブライ語は反対に右から左へ書く。

c　話し手の意見、感情、評価を述べる。

(1) スキーもいいね。けど、温泉もいいね。

(2) 文部省が入試改革を検討しているそうだけれども、それで日本の教育がよくなるのだろうか。

d　句と句を結び、前置きや話題提示を表す。

(1) 鈴木《すずき》ですけれど、山田さんはいらっしゃいますか。

(2) ちょっとご相談があるんですけど、お邪魔《じゃま》してもよろしいですか。

(3) 何もございませんけれど、どうぞたくさん召《め》し上がってください。

(4) 旅行にいきたいけど、どこがいいかな。

3　**だけど(も)／だけれど(も)／ですけれど(も)**

文と文を結ぶ。

「けれども」とほとんど同じだが、dの言い方はない。友達や家族の間の会話で使う。

「ですけれども」は丁寧《ていねい》な話し言葉で使う。

a　前の文から考えてふつうはそうなるとは思えない文が後に続く［逆接］。

(1) 先生に伺《うかが》ってみた。だけど、先生も御存知なかった。

(2) 兄はやせている。だけども力がある。

(3) 夜はいつも家におります。ですけれどもあすは出掛《でか》けます。

b　対照的な二つの事柄《ことがら》を結ぶ［対比］。

(1) 父は厳しい。だけど、母は優しい。

(2) 肉はよくたべる。だけれども、魚はあまり食べない。

(3) 彼《かれ》は高校生の頃《ころ》はよく勉強をした。だけど大学に入ってからはあまりしなかった。

c　前の文を認めた上でさらにあとに話し手の意見、感情を述べる。

(1) 一億円もするマンションが次々と売れているそうだ。だけど、一体どんな人が買うんだろう。

(2) もう仕事は終わったはずだ。だけど、なぜ帰って来ないのだろう。

(3) 日本料理もいい。だけども今日はフランス料理が食べたいね。

4　が

句と句、文と文を結ぶ。

句を接続する形は話の流れを断ち切らず続ける感じがする。文を接続する形は少し硬《かた》い書き言葉に使われることが多い。

a　前の文から考えて、ふつうはそうなるとは思えない文が続く［逆接］。

(1) 皆《みな》は恐怖《きょうふ》のため立ちすくんだ。が、彼《かれ》一人は何事もなかったかのように歩き続けた。

(2) 何度も説明したが、あの人は分からなかった。

(3) 空港には入道雲が高くかかっていたが、海へ出てしまうと雲一つない青空だった。

b　対照的な二つの事柄《ことがら》を結ぶ［対比］。

(1) 日本の夏は湿度《しつど》が高い。が、ヨーロッパの夏は湿度《しつど》が低い。

(2) 上の子は勉強家だが、下の子は遊んでばかりいる。

(3) 風は冷たいが、日差しは暖かい。

c　前の事を認め、意見、感想、評価などを加える。

(1) 彼《かれ》はテニスは強いが、フォームはそれほど良くない。

(2) 彼《かれ》はテニスが強い。が、僕《ぼく》のほうがもっと強い。

(3) 小説というものは女が描《えが》けなければダメと言われているが、その点この作家には非の打ちようがない。

d　句と句を結び、前置きのように使う。「けれども」のdと同じ。

(1) ちょっと伺《うかが》いますが、駅はどう行きますか。

(2) ここに鍵《かぎ》が置いてありますが、だれのですか。

(3) 二、三日前のことですが、面白い経験をしました。

(4) 私も食べてみましたが、おいしかったですよ。

5 だが／ですが

文と文を結ぶ。

「だが」は書き言葉的。会話では男性が使う。「ですが」は丁寧《ていねい》な話し言葉で使われる。

a 前の事柄《ことがら》から考えて、ふつうならそうなるとは思えない文が後に続く［逆接］。

(1) 電車は三十分もおくれて到着《とうちゃく》した。だが、乗客は文句も言わず待っていた。

(2) 酔《よ》っぱらいが若い女性にからんだ。だが、誰《だれ》一人注意しようとしなかった。

(3) 必ず来ると約束《やくそく》をした。だが、来なかった。

b 対照的な二つの事柄《ことがら》を結ぶ［対比］。

(1) この辺は昼間はにぎやかだ。だが、夜はさびしくなる。

(2) Aチームは去年は優勝した。だが、今年は最下位だ。

c 前の事を認めて、話し手の意見、感想、評価を続ける。

(1) この本は面白い。だが、字が小さくて読みにくい。

(2) 町が発展するのは賛成だ。だが、この美しい自然が破壊《はかい》されるのも困る。

(3) 私が手伝ってやらなければ、あの人は困るだろう。だが、私は絶対に手伝うのはいやだ。

6 ところが

文と文を結ぶ。

「予想していたこととは反対に」という意味。後件は事実を述べる表現が続く。

(1) 夜ならいつでも家にいるとのことだった。ところが訪ねてみると留守だった。

(2) 子供はお菓子《かし》が好きなものだ。ところが、この子はお菓子《かし》を食べない。

(3) 曲がったきゅうりは安い。ところが、買う人は少ない。

(4) 彼女《かのじょ》はミス・東京に選ばれた。ところが、コンテストの後、夫も子供もいることがわかった。

(5) 「水泳を始めたそうですね。スマートになったでしょう。」「ところがそうじゃないんですよ。おなかがすいて、前よりたくさん食べるんで、かえって太っちゃったんです。」

【注】前の文が動詞で終わる時は句を接続できる。

(1) 不合格だとあきらめていたところが、合格通知が来た。

「しかし」、「けれども」、「が」、「ところが」の違《ちが》い

1 「しかし」は文中の位置が他の言葉に比べてかなり自由である。

【例】

(1) 故郷のたたずまいはこの十年の間にすっかり変わってしまった。しかし、そこに住む人の心は以前と同じように優しかった。

(2) 故郷のたたずまいはこの十年の間にすっかり変わってしまった。そこに住む人々の心は、しかし、以前と同じように優しかった。

2 「が、しかし」という言い方はできるが、「が、けれども」や「が、ところが」のような言い方はできない。

【例】 (1) 成人病予防の食事は塩味も足りなくて、まずい病人食というイメージが伴《ともな》うが、しかし、最近は研究も進み、おいしい食事で成人病を防ぐというふうに変わってきた。

3 「けれども」や「が」は会話で文の終わりにつけて、実際と反対の事柄《ことがら》を「そうなればいい」と表したり、はっきり言うのをやめる言い方がある。

【例】 (1) 家がもっと広いと自分の部屋《へや》がもてるんですけれど。
(2) きょうは用事があるんですが……。

4 「ところが」は後件に疑問詞や意志表現は来ない。

【例】 (1) あの人も知らないかもしれない。しかし／けれども／が、聞いてみよう。
×(2) あの人も知らないかもしれない。ところが聞いてみよう。

練習問題〔二〕のA

一 いいほうを選びなさい。

1 「ファースト・フードは手軽でいいわね。」「ええ。(a だが　b だけど) ちょっと物足りないわね。」

2　彼《かれ》は日本に来たことはないそうだが、（a　しかし　b　けれど）日本のことを実によく知っている。
3　物価は上がる一方だ。（a　だが　b　ですが）、給料は全然上がらない。
4　失敗は誰《だれ》にでもあるからしかたがない。（a　ところが　b　しかし）、反省しないのは困ったことだ。
5　日本の経済は戦後目ざましい発展を遂《と》げた。（a　しかしながら　b　だけど）、まだまだすべてにおいて満足できる状態ではない。
6　お客があるというので御馳走《ごちそう》を作って待っていた。（a　ですが　b　ところが）、急用で来られないとの電話があった。
7　もう間に合わないかもしれない。（a　が　b　ところが）、行くだけは行ってみよう。
8　一九二六年というと、昭和元年です（a　が　b　だけど）、この年に私の父は生まれました。

二　文を完成しなさい。

1　姉は働き者だ。しかし（　　　　　　　　　　）。
2　たばこは身体《からだ》に悪いとは十分に承知している。だが（　　　　　　　　　　）。
3　予定では今週中に工事が終了《しゅうりょう》するはずなのですが、（　　　　　　　　　　）。
4　ひどく叱《しか》られると思っていたところが、（　　　　　　　　　　）。
5　ちょっとお話ししたいことがありますが、（　　　　　　　　　　）。
6　肉は好きだけれども（　　　　　　　　　　）。
7　この辺は駅に近くて便利だ。だが（　　　　　　　　　　）。

8　もう三年もテニスを習っている。だけど（　　　　　　　　　　　　　　）。
9　地図で見ると豆粒《まめつぶ》のように小さい島である。しかしながら（　　　　　　　　　　　　　　）。
10　前は弱くて病気ばかりしていたんですよ。ところが（　　　　　　　　　　　　　　）。

三　文を完成しなさい。

1（　　　　　　　　　　）しかし、若いころは貧しくて旅行どころではなかった。
2（　　　　　　　　　　）が、何がいいか迷ってるんです。
3（　　　　　　　　　　）ところが、それは偽物《にせもの》だったんです。
4（　　　　　　　　　　）けど、ちょっと教えてくださいませんか。
5（　　　　　　　　　　）だが、農業のためには雨は必要だ。
6（　　　　　　　　　　）ですけれど、朝晩はかなり冷えます。

B　［でも、それでも、にもかかわらず、それにしても、それにしては、のに］

1　でも／それでも

句と句、文と文を結ぶ。
「それでも」にはb～dのような使い方はない。

a　前の文の内容を認めながらも、それに反する結果や意見を出す時。「でも」は話し言葉では女の人が使う事が多い。

(1) ぜいたくをしたいとは思わないけれど、でも、年に一度ぐらいの家族旅行はしたい。

(2) この地域の企業《きぎょう》は全体的に見れば恵《めぐ》まれていると言えましょう。でも、個々の企業《きぎょう》の経営内容は苦しいようです。

(3) 寒いのでセーターを着たが、それでもまだ寒い。

(4) 車は維持費《いじひ》もかかるし、排気《はいき》ガスもまきちらすし、やめたほうがいいと思う。それでも便利なのでつい乗ってしまう。

(5) 今の政府に不満を持っている国民が多いそうだ。それでも、選挙になると、与党《よとう》が圧勝する。

b　前の文の内容を認めるが、後に感想や疑問などが続く。

(1) 知り合いが空巣《あきす》に入られたそうだ。でも、かぎをかけずに出かけたそうだからしかたがないね。

(2) ゆうべは頭が痛かったので早く寝《ね》てしまった。でも、たっぷり寝《ね》て、すっきりしたよ。

(3) 今の政府に不満を持っている国民が多いそうだ。でも、何が不満なのだろう?

c　相手の言葉に対し、反対の気持ちを表したり言いわけをするような場合、その言葉の初めにつける。

(1) 「また遅《おく》れて……。」「でも、五分だけだろ。」

(2) 「やるって言っておいてどうしてやらなかったの?」「ごめんなさい。でも、忙《いそが》しかったもんだから……。」

【注】　右の文は「だって」を使っても言える。

d　話し言葉で話題の提示、場面作りに使う。「しかし」のdと同じだが、女性が使うことが多い。

(1)　(お茶を飲みながら)「お砂糖、いくつ?」「いいえ、けっこう。でも、早いわね。もう十月よ。」

(2)　「昨日のテレビ見ました?」「ええ、面白かったですね。でも、あの番組、ずいぶん長く続いてますね。」

2　(それ)にもかかわらず/にかかわらず

a　「(それ)にもかかわらず」は句と句、文と文を結ぶ。名詞句に続く場合もある。前の事柄《ことがら》から当然予想される結果に反する事柄《ことがら》が続く。硬《かた》い言い方だが、改まった挨拶《あいさつ》には話し言葉でも使う。

(1)　彼《かれ》はまだ三十五歳《さい》の若さだ。それにもかかわらず、大学教授になった。

(2)　一国の王であるにもかかわらず、気軽に町中に出て行かれるなど日本では考えられない。

(3)　氏は今度の誕生日《たんじょうび》で九十歳《さい》になる。にもかかわらず、精力的に作品を発表している。

(4)　外国からの多額の援助《えんじょ》にもかかわらず、その国の経済は好転しない。

(5)　「本日は雨天にもかかわらずお集まりくださいましてありがとうございました。」

b　「ABにかかわらず」の形で「AでもBでも関係なく」の意味を表す。

(1)　晴雨にかかわらず試合は行われます。

(2)　古新聞、古雑誌などございましたらお知らせください。多少にかかわらずこちらから伺《うかが》います。

(5) 好むと好まざるとにかかわらず、やらねばならぬ。

(4) 各家庭の使用量にかかわらず、水道料金は一定額を徴収《ちょうしゅう》します。

3　それにしても／にしても

句と句、文と文を結ぶ。「にしても」は句と句を結ぶ。

前の事柄《ことがら》を「それはそうだが」と一応認め、「しかし」と後件で話し手の判断を述べる。

(1) 学歴社会で塾《じゅく》が流行《はや》るのは分かるが、それにしても幼稚園《ようちえん》に行く前から塾《じゅく》に行くなんて。

(2) 日本生まれとは聞いていたけど、それにしてもスミスさんの日本語は上手《じょうず》ですね。

(3) わざとやったんじゃないだろうが、それにしても腹が立つ。

(4) 田中さん、忙《いそが》しいにしても電話ぐらいくれればいいのに。

(5) お盆《ぼん》の時は道路が込《こ》む。それにしても、三十キロもの渋滞《じゅうたい》はひどい。

4　それにしては／にしては

句と句、文と文を結ぶ。「にしては」は句と句を結ぶ。

前の事柄《ことがら》から当然予想されることと、実際はかなり違《ちが》っているという話し手の判断を述べる。

(1) 病気だと聞いたけど、それにしては顔色が良いですね。

(2) お金が無いって言っているけど、それにしてはよく買い物するね。

(3) 「あの人は専門家だそうですよ。」「それにしては頼《たよ》りないですね。」

(4) 大学を卒業したにしては字を知らなさすぎるね。

(5) あの店は銀座にしては安い。

5　のに／それなのに

行く／行かない／行った／行かなかったのに。イ・ナ形容詞、名詞も同様に続く。安いのに、静かなのに。「それなのに」は文と文を結ぶ。

前の事柄《ことがら》から当然予想される結果と反対の事柄《ことがら》が続く。非難や不満を表すことが多い。

(1) 明日試験なのに、遊んでばかりいる。
(2) 若いのに、よく気がつく。
(3) 何度も謝ったのに、許してくれなかった。
(4) 真面目《まじめ》に働いている。それなのに生活はいっこう楽にならない。
(5) 彼《かれ》は貧しい境遇《きょうぐう》にある。それなのに、あんなに明るく暮《く》らしている。

【注】

a　くだけた会話では「なのに」や「だのに」という言い方をする。

(1) 毎日八時間は寝《ね》ている。なのに／だのに、いつも眠《ねむ》い。

b　文末について疑いの気持ちを伴《ともな》った不満を表す。

(1) いったいどこへ行ったんだろう。こんなにあちこち探しているのに。

練習問題〔二〕のB

一　いいほうを選びなさい。

1　雨天（a　にかかわらず　b　にもかかわらず）試合は行われた。

2　さっき掃除《そうじ》したばかりだと言うけれど、（a　それにしては　b　それにしても）きたないですね。

3　日曜日だから込《こ》んでるとは思ったが、（a　それにしては　b　それにしても）すごい人出だった。

4　田中さんはあんな金持ち（a　にしても　b　なのに）古い、狭《せま》い家に住んでいる。

5　予算の有無（a　にかかわらず　b　にもかかわらず）この計画は進めなければならない。

6　三カ月しか勉強していない（a　にしても　b　にしては）日本語が上手《じょうず》だね。

7　この辺は以前と比べアパートがぐんと増えているのに驚《おどろ》いた。（a　それなのに　b　それでも）まだ市の郊外《こうがい》に近い地区では古い家が残っている。

8　「女の子をぶったりしてはだめでしょう。」「（a　それでも　b　でも）あの子のほうが先に僕《ぼく》のこと、ぶったんだよ。」

二　「それでも」、「それにもかかわらず」、「それにしても」、「それにしては」、「それなのに」をそれぞれ一度ずつ使って正しい文にしなさい。

1　「この子はまだ五歳《さい》です。」「（　　）大きいですね。」

2　「あんなに練習したのに試合は引き分けだなんて悔《くや》しい。」「（　　）負けるよりはいいじゃないか。」

3　東京の夏は蒸し暑いと聞いていたが、（　　）この暑さはひどい。

4　失業率がどんどん高くなっている。（　　）政府はなんら対策を講じない。

5　あの人、本当はひまなんですよ。（　　）忙《いそが》しいふりをしているんです。

三　文を完成しなさい。

1　山田さんには子供が五人いる。でも（　　　　）。

2　せっかく買ってあげたのに（　　　）。

3　手厚い看護にもかかわらず、（　　　）。

4　経験の有る無しにかかわらず、（　　　）。

5　苦《にが》いので砂糖を入れたが、それでも（　　　）。

6　彼女《かのじょ》はもう四十歳《さい》だそうだが、それにしては（　　　）。

7　日本は物価が高いと聞いていたが、それにしても（　　　）。

C　［ものの、ものを、くせに、からといって］

1　ものの／とはいうものの

行く／行かない／行った／行かなかったものの。イ・ナ形容詞、名詞も同様に続く。

安いものの、静かではあるものの。「とはいうものの」は句と句、文と文を結ぶ。

前に述べた事柄《ことがら》を認めるが、しかし、よく考えてみるとそこには問題があることを示す。

「～は本当だが、しかし……」の意味。

(1)　着物を買ったものの、なかなか着て行く機会がない。
(2)　金はないものの、子供は教育しなければならない。
(3)　一人で出来るとはいうものの、時間がかかるだろう。
(4)　二年前から日本語を習っている。とはいうものの、週に一度ではちっとも上達しない。
(5)　ここは静かだとはいうものの、買い物には不便だ。
(6)　他に比べれば安いとはいうものの、私には手が届かない。

【注】
a　「ものの」は前件に強調の「は」を入れることが多い。

(1) 着物を買いはしたものの、なかなか着て行く機会がない。

b 「とはいえ」、「とはいっても」も同じような意味で使う。

(1) 大学で古典を専攻《せんこう》したとはいえ、源氏物語《げんじものがたり》もろくに読めない。

2 ものを

行く／行かない／行った／行かなかったものを。イ形容詞も同様に続く。安いものを。

前件から予想される事とは反対の結果を表すような文が後に続き、「のに」のように恨《うら》みや不平の気持ちを表す。

(1) いやならいやだと言えばいいものを、黙《だま》っていてあとから文句を言ってもだめだ。
(2) 間違《まちが》いに気がついたのなら、教えてくれればいいものを、意地悪な人だ。
(3) 今でさえ人手が余っているものを、また新しく人を雇《やと》うなんて。
(4) 金がないといってくれれば貸してやったものを、何も言わないのでわからなかった。
(5) 知らせてくれれば、空港まで迎《むか》えに行ったものを、なぜ知らせてくれなかったのですか。

3 くせに／そのくせ

行く／行かない／行った／行かなかったくせに。イ・ナ形容詞、名詞も同様に続く。

安いくせに、静かなくせに、子供のくせに。「そのくせ」は文と文を結ぶ。

前件から考えてそうするのが変だとかおかしいというような文が後に続く。「のに」より相手を非難したり軽蔑《けいべつ》する意味が強く、改まった場合には使わない。

(1) 子供のくせに大人《おとな》のような口をきく。
(2) 歌がへたなくせに歌手になりたいんだって。

(3) 良くわかりもしないくせに、そんなことを言うものではない。
(4) 林さんはいつも試合に出たいと言っている。そのくせ練習を休んでばかりいる。
(5) 彼《かれ》は何も手伝わなかった。そのくせ文句ばかり言っている。

4　からといって／だからといって

句と句、文と文を結ぶ。

前の文を受けてその内容をそのまま信じたり、そこから簡単に結論を出したりしては困ると言うとき使う。

(1) 大学に行かないからといって、頭がわるいとはいえない。
(2) 生き物を殺すのはかわいそうだからといって、肉や魚を食べないわけにはいかない。
(3) 勉強はしたくないし、だからといっていい成績はとりたいし……。
(4) 走るのは健康のためにいい。だからといって、体調も考えず走るのは無謀《むぼう》だ。

【注】この外にも次のような逆接の接続表現がある。
「て」　92ページ参照。
「ながら」74ページ参照。
「しかも」84ページ参照。

練習問題〔二〕のC

一　いいほうを選びなさい。

1　日本語の新聞を読んでみた（a　とはいうものの　b　ものの）意味はよくわからない。

2　知らせてくれればお見舞《みま》いに行った（a　ものの　b　ものを）黙《だま》っているなんて……。

3　自分が悪い（a　くせに　b　からといって）あの人は何を怒《おこ》っているんだろう。

4　字は読めればいい（a　とはいうものの　b　だからといって）もう少し丁寧《ていねい》に書いたらどうですか。

5　あの大学を受験すると決めた（a　くせに　b　ものの）全く自信がない。

6　身体が大きい（a　からといって　b　とはいうものの）体力があるとは限らない。

7　子供の（a　くせに　b　ものを）たばこなんか吸ってはだめじゃないか。

二　「とはいうものの」、「ものの」、「ものを」、「くせに」、「からといって」の中から適当なものを選んで（　）に一つずつ入れなさい。

1　学生の（　　　　）ちっとも勉強しない。

2　経験がある（　　　　）たった三カ月にすぎない。

3　虚礼廃止《きょれいはいし》論者だ（　　　　）全く世間《せけん》の付き合いを断ることはできないだろう。

4　仕事で疲《つか》れてはいた（　　　　）すぐに食事の支度《したく》に取りかかった。

5　台風の予報が届いていたら、船を出さなかった（　　　　）、何の連絡《れんらく》もなかったので沖《おき》へ出てしまったのです。

三　文を完成しなさい。

1　返事をすぐくれると約束《やくそく》したくせに（　　　　）。

2　外国人だからといって（　　　　）。

3　招待を断ってはみたものの（　　　　　　　　　　）。

4　事前に知らせてくれれば用意したものを（　　　　）。

5　社長になったとはいうものの（　　　　　　　　　）。

第二章　二つ以上の事柄《ことがら》を別々に述べるのに用いる接続の表現

〔一〕 二つ以上のことを並《なら》べて言う言い方〔並列《へいれつ》〕

A 〔および、ならびに、また、かつ〕

1 および〔及び〕

名詞と名詞を結び、物事を並《なら》べて言う。文語的で、評論、論説などに用いられる硬《かた》い表現。

(1) 最近海外で、日本及《およ》び日本人についての関心が高まっているようです。
(2) 教室内での飲食および喫煙《きつえん》を禁止する。
(3) この町は商業および工業の中心地である。
(4) 英語、フランス語、およびスペイン語をこの会議の公用語とすることになった。

【注】
(1) ふつうの文章では「と」や「や」を使う。
英語とフランス語とスペイン語をこの会議の公用語とすることになった。

2 ならびに〔並びに〕

名詞と名詞を結び、物事を並《なら》べて言う。「および」よりさらに文語的で硬《かた》い表現。

(1) 校長先生ならびに御来賓《ごらいひん》の皆《みな》さま、本日はお忙《いそが》しいところを御出席下さいまして、誠にありがとうございました。

(2) 歴史的建築物ならびに伝統的美術工芸品の保存に尽《つ》くした。

(3) 住所、氏名ならびに電話番号を明記すること。

(4) 遠く故国を離《はな》れて海外で業務を続けておられる駐在員《ちゅうざいいん》の方々ならびに御家族の皆《みな》さんのご苦労に感謝します。

【注】

a　例文(1)、(4)は「および」は使えない。

b　並《なら》べるものに段階がある時は次のようになる。

(1) 住所、氏名および電話番号、並《なら》びに付近の略図を記入して下さい。

(2) 会員およびその家族、並《なら》びに特別な縁故《えんこ》者に限られる。

3　また〔又〕

句と句、文と文を結ぶ。

初めに述べたことに別の事柄《ことがら》をつけ加える。

(1) 彼《かれ》は優れた化学者であり、また小説家でもある。

(2) 大変おいしいし、また栄養もあるので成長期の子供にも適している。

(3) 詳《くわ》しく作り方を教えていただき、また材料も分けていただきました。

(4) お正月にはたこあげや羽つきをします。また家の中ではすごろくやかるた取りをします。

(5) あの人はまじめな性格だが、またユーモラスな面もある。

【注】

a　語と語を結ぶ特殊《とくしゅ》な言い方もある。

(1) 山また山の険しい道を歩き通す。

(2) 涙《なみだ》また涙《なみだ》の物語。

b 「そしてまた」、「ならびにまた」、「かつまた」のように重ねても使われる。

4 かつ／かつまた／なおかつ

句と句、語と語を結ぶ。

あるものごとについての二つの面を並《なら》べて表す。互《たが》いに矛盾《むじゅん》する事柄《ことがら》をつなぐことは出来ない。文語的文章や演説で使い、普通《ふつう》の会話には使わない。

(1) 新聞はいかなる場合にも正確かつ迅速《じんそく》な報道が期待される。

(2) この地方は風光明媚《ふうこうめいび》で、かつ文化的遺産も多く、観光地として発展してきた。

(3) 勉学に励《はげ》み、なおかつスポーツにも大いに活躍《かつやく》することが望ましい。

(4) 山田氏は私共の会の理事として御活躍《ごかつやく》下さり、かつまた市の教育委員としても大切な責任をお持ちです。

(5) 税制改革は緊急《きんきゅう》かつ重要な課題であり、審議《しんぎ》を急がねばならない。

練習問題〔一〕のA

一　正しいものを選びなさい。（一つとは限らない。）

1　この本は非常に面白く｛a かつ／b および／c また｝有益である。

2 この場所で物を売買すること｛a 並《なら》びに　b および　c かつ｝宣伝することは禁じられている。

3 東京は政治の中心地であり、｛a および　b かつ　c また｝経済、文化の中心地でもある。

4 山田氏はこの学校のために尽《つ》くされ、｛a なおかつ　b および　c また｝地域の発展のために努力なさった方です。

5 従業員の厚生施設《しせつ》として作られたものですが、｛a かつ　b ならびに　c また｝一般《いっぱん》住民のレクリエーションにも使われます。

6 文化勲章《くんしょう》｛a また　b ならびに　c かつ｝文化功労賞の受賞者が発表された。

7 新郎新婦《しんろうしんぷ》｛a 並《なら》びに　b および　c また｝御親族の皆様《みなさま》に心からお祝いを申し上げます。

8　和服の花嫁姿《はなよめすがた》も美しいが、｛a かつ／b および／c また｝ウェディングドレスもすばらしい。

二　a「および／ならびに」、b「かつ」、c「また」のどれかを選んで（　）に記号を入れなさい。

1　厳正（　）公平な審査《しんさ》の結果、入選者が決まった。

2　手続には保証人の署名（　）戸籍抄本《こせきしょうほん》が必要である。

3　京都、大阪、（　）神戸《こうべ》を総称して京阪神《けいはんしん》という。

4　いつもよく働くが、（　）夢中《むちゅう》になって遊ぶこともある。

5　必要（　）十分な条件をそなえている。

6　夏は登山やキャンプに多くの人々が訪れてくる。（　）冬はスキー場としても有名である。

7　中世（　）近代の文学に興味をもっている。

8　交通安全対策としては、ガードレールや歩道橋など設備の強化が行われてきた。（　）運転者に対する安全教育も盛《さか》んになった。

三　文章を続けて書きなさい。

1　冷やして飲むとおいしいし、また（　　）。

2　彼《かれ》は教師であり、また（　　）。

3　彼女《かのじょ》は大変美しく、かつまた（　　）。

4　入学試験は、国語、数学、ならびに（　　）。

5　会場内での写真撮影《さつえい》および（　　　　）。

B　［し、たり、ながら、つつ、ば、とか、やら］

1　し

行く／行かない／行った／行かなかったし。イ・ナ形容詞、名詞にも同様につく。安いし、静かだし。～だろうし、～まいし。

a　同時にある二つのことを並《なら》べて述べる。

(1)　彼《かれ》は頭はいいし、人柄《ひとがら》もいい。
(2)　雨には降られるし、帰りの電車は込《こ》むしで、全く散々だった。
(3)　卵は安いし栄養もある。
(4)　道は分からないし、だんだん暗くなるし、ほんとうに心細かった。
(5)　明日は日曜だし、あさっては祝日だし、銀行からお金が下《お》ろせない。

b　あとのことを言う理由の一つを取り立てる。

(1)　仕事もあるし、今日はこれで失礼します。
(2)　これもずい分古くなったし、ひとつ新しいのを買おうか。
(3)　空が暗くなってきたし、この辺で引き返した方がいいだろう。

【注】「～し、～しするので」の形で理由を表す文によく使われる。
(1)　彼女《かのじょ》は活発だし、明るいしするので、幼稚園《ようちえん》の先生には向いているだろう。

2　たり

行ったり／行かなかったり、安かったり／安くなかったり、静かだったり／静かで(は)なかったり。

a　色々な動作や様子を適当に並《なら》べて述べる。

(1)　子供達は跳《と》んだりはねたりして大騒《おおさわ》ぎだ。

(2)　休みの日には映画を見たり、テニスをしたり、友達を訪ねたりします。

(3)　体がだるかったり、頭が痛かったり、疲《つか》れやすかったりしたら、一度病院で検査を受けた方がいい。

(4)　撮影《さつえい》の場所は公園だったり、喫茶店《きっさてん》だったり、海岸だったり色々です。

b　反対の語を組にして並《なら》べる言い方。

(1)　この頃《ごろ》は寒かったり暑かったりで、着る物に苦労します。

(2)　どちらも同じぐらいの力ですから、試合は勝ったり負けたりです。

(3)　作文がうまくまとまらず、書いたり消したりしています。

(4)　看護婦さんが忙《いそが》しそうに部屋《へや》を出たり入ったりしています。

c　例として一つの動作、状態をあげ、同じような他のものをそれとなく示す。

(1)　高校生がお酒を飲んだりしてはいけないよ。

(2)　もう一度同じことを聞いたりしたら、笑われるかな。

(3)　あの人が約束《やくそく》を破ったりはしないでしょう。

(4) 売っている品物が古かったりしたら、店の信用にかかわる大問題だ。

3 ながら

行きながら、小さいながら、子供でありながら。

a 同じ人が同時に二つの動作を行うことを表す。普通《ふつう》は意志的な継続《けいぞく》動詞が使われる。

(1) 私は音楽を聞きながら勉強するとよく頭に入る。

(2) 医者は患者《かんじゃ》の経過を見ながら、使う薬を加減《かげん》する。

(3) アイスクリームを食べながら、町を歩く若者が多い。

(4) 手を振《ふ》りながら、いつまでも見送っていた。

b 前件と後件に矛盾《むじゅん》がある時、「けれども」の意味になる［逆接］。「ながらも」となることもある。

(1) 知っていながら教えてくれない。

(2) すぐ近くまで行きながら、母の家に寄らずに帰った。

(3) 日本人でありながら、日本の歴史を全く知らない。

(4) 狭《せま》いながらもやっと家を一軒《いっけん》手に入れた。

【注】名詞、副詞に直接続く言い方もある。

(1) その子はいやいやながら、庭のそうじを始めた。

(2) 子供ながらも周囲の人々の気持ちを感じとることが出来る。

4 つつ

行きつつ（動詞の連用形だけ）。

a　「ながら」と同様二つの動作が同時に行われることを表す。文語的な書き言葉で使われる。

(1)　当時を懐《なつ》かしみつつ、酒をくみかわす。

(2)　事情を考慮《こうりょ》しつつ予定を立てる。

(3)　成功を祈《いの》りつつ見守る。

(4)　各界の協力を得つつ、速《すみ》やかに審議《しんぎ》を進めたい。

b　前件と後件に矛盾《むじゅん》がある場合は逆説になり、「も」を伴《ともな》うことが多い。

(1)　失礼とは知りつつも、お願いに上がりました。

(2)　お便りしようと思いつつも、ついごぶさたをいたしております。

5　ば

行けば／行かなければ、安ければ／安くなければ。

「Aも～ば、Bも～」という形で同じような内容の事柄《ことがら》を並《なら》べて言う。

(1)　様々な料理がきれいに並《なら》んでいる。フランス料理もあれば、中国料理もすしもある。

(2)　私には金もなければ、権力もない。

(3)　体の障害《しょうがい》にもかかわらず、卓球《たっきゅう》もすれば、山にも登れる。

(4)　才能の豊かな人で、歌も歌えば、絵もかく。

(5)　アメリカの家は部屋数《へやかず》も多ければ、庭もはるかに広い。

【注】　a　名詞の場合は「なら」を使う。

b
(1) 敷地《しきち》も広大なら、屋敷《やしき》の豪華《ごうか》さは目を見張るほどだ。
(2) 彼《かれ》はヨーロッパが好きで、いすもテーブルもフランス製なら、皿《さら》やナイフはイギリス製だ。
条件の「ば」は1ページ参照。

6　とか

語と語、句と句を結ぶ。
「AとかBとか」の形で、事柄《ことがら》や動作などの例を並《なら》べる言い方。
(1) 人は勝手なもので、寒いとか暑いとか、つい不平を言う。
(2) この売場では食器とか調理器具とかを扱《あつか》っています。
(3) 走るとか跳《と》ぶとかいうことはあまり得意ではありません。
(4) 壊《こわ》れやすい物とか、傷《いた》みやすい食べ物とかを送る時には十分気をつけなければいけない。
(5) 頭が痛いとか、目まいがするとかいうことがあったら、すぐ知らせて下さい。

【注】
a　例文(2)、(4)のように名詞を並《なら》べる場合には「AやB」と言える。
b　「だの」はくだけた口語的な言い方で、非難するニュアンスを含《ふく》む。
(1) お菓子《かし》だの果物《くだもの》だの一日中食べてばかりいる。
(2) 疲《つか》れただの、頭が痛いだのと言って、なかなか起きようとしない。

7　やら

語と語、句と句を結ぶ。
「AやらBやら」の形で同じような例を並《なら》べる言い方。後件に感情を表すことが多い。
(1) 教科書やら参考書やらを揃《そろ》えるだけでもかなりの費用がかかります。
(2) 失敗を皆《みな》に笑われ、情けないやら、恥《は》ずかしいやらで、身の縮む思いでした。

(3) 興奮《こうふん》した観衆は大声でわめくやら、物を投げるやら、大変な騒《さわ》ぎでした。

【注】 a　名詞の場合は「や」も使える。

b　動詞の場合は「たり」も使える。

練習問題〔一〕のB

一（　）の言い方を使って一つの文章にしなさい。

1　宿題をやりました。友達からの電話を待っていました。（ながら）

（　　　　　　　　　　）

2　同じ所で働いています。まだ話をしたことがありません。（ながら）

（　　　　　　　　　　）

3　寒いです。風が強いです。海岸にはだれもいません。（し、ので）

（　　　　　　　　　　）

4　してはいけないと知っていました。ついやってしまいました。（つつ）

（　　　　　　　　　　）

5　休みの日には映画を見に行きます。テニスをします。外に出かけることが多いです。（とか）

（　　　　　　　　　　）

6　あの学生は宿題もしません。復習もしません。（ば）

（　　　　　　　　　　）

7　花見の時には桜《さくら》の下で飲みます。食べます。歌を歌います。（たり）

（　　　　　　　　　　）

（　　　　）
8　満員電車で足を踏《ふ》まれました。ボタンを引きちぎられました。ひどい目に遭《あ》いました。（やら）

（　　　　）
9　梅雨時《つゆどき》の気候は暑いです。大変涼《すず》しいです。（たり）

（　　　　）
10　教室でコーヒーを飲みます。授業中に部屋《へや》から出ます。それは規則で禁じられています。
（とか）

（　　　　）

二　（　）の言葉を適当な形にして、［　　］に入れなさい。

1　あの店の料理は［　　　　］ので、二度と行きたくない。（高い、まずい）
2　［　　　　］するので遠足は延期になった。（風が強い、雨が降る）
3　小さい子供が人込《ひとご》みの中で［　　　　］ている。（泣く、お母さんを捜《さが》す）
4　［　　　　］と目が悪くなりますよ。（寝《ね》る、本を読む）
5　このごろ少し具合が悪いので［　　　　］しています。（寝《ね》る、起きる）
6　初めて訪れたその町では［　　　　］のでとても心細かった。（道が分からない、知り合いもいない）
7　生徒達はお互《たが》いに［　　　　］ながら、だんだん会話が上達していきます。
（質問する、質問に答える）

8　［　　　　］ついごぶさたしております。（お訪ねしたいと思う）

9　その話を聞いて［　　　　］信じない人もある。（信じる人もある）

10　その高校生は［　　　　］して厳しく注意された。（たばこをすう、酒を飲む）

三　（　）の言い方を使って、質問に答えなさい。

1　あなたのクラスにはどんな国の人がいますか。（ば）

（　　　　）

2　読めない漢字があった時には、どうしますか。（たり）

（　　　　）

3　きのうはなぜ学校を休みましたか。（し）

（　　　　）

4　家で勉強する時、何も聞いていませんか。（ながら）

いいえ、（　　　　）

5　あの小さい店には食料品しかありませんか。（ば）

いいえ、（　　　　）

6　そのグループの人達はどんな職業の人ですか。（とか）

（　　　　）

7　田中さんの坊《ぼう》やはずいぶんいたずらだそうですね。（やら）

ええ、（　　　　）

〔二〕

A　前に述べたことにつけ加《くわ》える言い方〔累加《るいか》〕

〔そして、それから、それに、その上、しかも〕

1　そして／そうして

語と語、句と句、文と文をつなぐ。

a　一つの事柄《ことがら》の上にもう一つの事柄《ことがら》が重なることを表す。

(1) 彼女《かのじょ》は明るく、そして実によく気の付く人です。
(2) 晴れた日は畑を耕し、そして雨が降れば読書を楽しむ。
(3) 昼は運動して汗《あせ》を流し、そうして夜は遅《おそ》くまで大いに語り合った。
(4) 彼《かれ》は誠実に務めを果たした。そして誰《だれ》にも頼《たよ》ろうとはしなかった。
(5) イギリス、フランス、そしてドイツを旅行してきました。

【注】例文(5)のような名詞を並《なら》べる場合以外は「また」を使って言い換《か》えられる。

b　前の事に続いて起こる事柄《ことがら》を加《くわ》えて述べる。「そのようなわけだから」、「その結果」、「さらにその上」などの意味。

(1) 旧友と久しぶりに会った。そして思い出話に花を咲《さ》かせた。
(2) 厳しい訓練を続けた。そしてついに勝利を得た。
(3) 船が沖《おき》に出ると次第に空が曇《くも》ってきた。そして大粒《おおつぶ》の雨が降り出した。
(4) 彼《かれ》はソファーに腰《こし》を下ろし、そうして間もなく眠《ねむ》ってしまった。

(5)　機械文明は私達の生活に大きな恩恵《おんけい》を与《あた》えてくれました。そしてこの方向はますます強められるでしょう。

2　それから

句と句、文と文の接続に使う。bでは語の接続もある。

a　「そのあとで」「その次に」という意味。

(1)　デパートで買物をして、それから映画を見て帰った。
(2)　「昨日は六時ごろ帰りました。」「それからどうしましたか。」
(3)　家へ帰ると一休みして、それから食事の支度《したく》を始めます。
(4)　まずなるべく沢山《たくさん》資料を集めなさい。それから書き始めるのです。
(5)　松本まで電車で三時間かかります。それからバスに乗って四十分ほど行きます。

b　「その外に次のことも」という意味。

(1)　あの人の部屋《へや》にはテレビ、ステレオ、それからピアノもある。
(2)　お皿《さら》をもう一枚持ってきて下さい。それからフォークも……。
(3)　田中さん、山本さん、それから石井さんもいらっしゃるはずです。
(4)　肉料理とサラダを作ります。それからスープもあった方がいいでしょうね。
(5)　お茶とお花を習っていますし、それからテニスクラブにも入っています。

【注】　「その時から」という意味でも使われる。
(1)　友達からいい辞書をもらった。それから勉強が楽になった。

3　それに

語と語、句と句、文と文を接続する。

前件に後件を加《くわ》えて述べる。「それから」のbと同じだが、日常会話で、客観的な説明を述べる時使う。

(1) この部屋《へや》にはカーテン、家具、電話、それにテレビまで付いている。
(2) 料理もできたし、それに部屋《へや》の飾《かざ》りつけも済んだ。あとはお客さんを待つばかりだ。
(3) 忙《いそが》しいし、それにお金もないから、旅行には行けないよ。
(4) このセーターは、サイズも色も形も丁度いいようです。それに何よりも子供自身が気に入ったから、これにしましょう。

4　そのうえ〔その上〕／うえに〔上に〕

行く／行かない／行った／行かなかったうえに。イ・ナ形容詞も同様に続く。安いうえに、静かなうえに。「その上」は句と句、文と文を接続する。

前件だけでも十分だが、さらに同じ方向の要素が加《くわ》わる。客観的な説明の文章で使うやや硬《かた》い表現。

(1) 祖父は最近耳が遠くなった。その上足も弱ってきた。
(2) 不況《ふきょう》で商売はうまくいかず、その上家族に病人がでたりして、一時はどうなるかと思った。
(3) 洋服もくつもかばんも新しくして、そのうえ帽子《ぼうし》まで買ってもらった。
(4) 彼女《かのじょ》は頭がいいし、美人だ。その上スポーツも万能だ。

(5) 食事をごちそうになったうえに、お土産《みやげ》まで頂きました。

5 しかも

句と句、文と文を接続する。

a そのもののもつ、特徴的《とくちょうてき》な事柄《ことがら》を二つ重ねて述べる時に使う。「それだけではなく、その上」という意味。相手に訴《うった》えかけるニュアンスをもつことがある。

(1) 試験問題は難しく、しかも数が多い。
(2) 彼《かれ》はハンサムでやさしくて、しかも話し上手《じょうず》。もてるのも当然だね。
(3) あの店の料理はとてもおいしい。しかも安くて量もたっぷりだ。
(4) 清潔でしかも使いやすい台所にしたい。

【注】「それに」「その上」「しかも」の順で硬《かた》い言い方。

b 前に述べた事柄《ことがら》を受けて、さらにそれを強調するような事実を加《くわ》える。

(1) 彼《かれ》は新車を買った。しかも何百万円もする外車を。
(2) その子は十四歳《さい》で大学に入学した。しかもトップの成績でだ。
(3) 彼《かれ》は六カ国語をマスターしたそうだ。しかも独学で。
(4) 彼《かれ》はウイスキーが好きで、しかも何も加《くわ》えずそのまま飲む。

【注】
(1) 会話的な「それも」という言い方もある。
猫《ねこ》が走り回って鉢《はち》をひっくり返してしまった。それも一番大事にしていた梅《うめ》の盆栽《ぼんさい》だ。

c 「それなのに」「それにもかかわらず」の意味［逆接］。

(1) 彼《かれ》はすべてを知っていて、しかも誰《だれ》にもそれを言わなかった。

(2) 誰《だれ》よりも熱心に働いて良い成果をあげ、しかもいつも謙虚《けんきょ》である。

(3) 母は新聞社で働いていた。しかも家事をすべて一人でこなしていた。

「そして」「それから」「それに」「その上」「しかも」

1 「それから」は時間的順序を強調するが、「そして」は追加補足する気持ちが強い。

【例】 (1) ラジオを消し、戸締《とじ》まりをして、それから寝《ね》ました。

(2) ラジオを消し、戸締《とじ》まりをして、そして寝《ね》ました。

2 「それから」は話題が移り変わる時に使われ、「そして」は一つの話題について述べる時に使われる。

【例】 (1) 背《せい》の高い人とそれから力の強い人が欲しい。

(2) 背《せい》が高く、そして力の強い人が欲しい。

3 「そして」は理由、結果のような関係も結べるが、「それから」は使えない。

【例】 (1) 精いっぱい努力した。そしてついに成功した。

4　「それに」、「その上」、「しかも」は主観的な意志や命令の文に使えない。

【例】

(1)　部屋《へや》をそうじしなさい。それから玄関《げんかん》も掃《は》きなさい。

(2)　銀座へ行こう。そして映画を見よう。

×(3)　今日中にこれを仕上げなさい。しかも一人でしなさい。

(4)　今日中にこれをしなさいと言われた。しかも一人でしなさいと言うのだ。

練習問題〔二〕のA

一　いいほうを選びなさい。

1　銀行へ行った。（a　そして　b　それから）お金を預けた。

2　銀行へ行った。（a　そして　b　それから）デパートへ買物に行った。

3　夕《ゆう》暮《ぐ》れで暗くなりかかっていた。（a　その上　b　それから）雨が降り出して、前方が見えにくかった。

4　白く、小さく、（a　そして　b　それから）可憐《かれん》な花です。

5　説明を何度も読み返しました。（a　そして　b　それから）やっと分かりました。

6　「ビールを買ってきて下さい。（a　その上　b　それから）何かおつまみもお願いします。」

7　効果が強く、（a　それから　b　しかも）副作用の少ない薬が開発された。

8　役に立ちそうな材料を集めて、（a　それに　b　それから）組み立てる順序を考えて下さい。

9　バスケット、サッカー、（a　それに　b　しかも）テニスが得意です。

10　日本語が上手《じょうず》でありながら（a　しかも　b　その上）全然使おうとしない。

11　この魚はここの名産で、（a　それから　b　しかも）今朝、浜《はま》で取れたばかりだという。

12　秋は一番いい季節だし、（a　それから　b　その上）三連休だから、観光客でさぞ込《こ》みあうことだろう。

二　「そして」、「それから」、「それに」、「その上」、「しかも」をそれぞれ一度ずつ使って、正しい文章にしなさい。

1　「まず法隆寺《ほうりゅうじ》へ行って一時間ぐらい見物しました。」「（　　　）どちらにいらっしゃいましたか。」

2　うさぎは途中《とちゅう》で昼寝《ひるね》をしました。（　　　）とうとう競争に負けてしまったのです。

3　日本の夏は温度が高く、（　　　）湿度《しつど》も非常に高いので、大変蒸し暑く感じるのです。

4　彼《かれ》は赤信号を無視して道路を渡《わた》った。（　　　）巡査《じゅんさ》の目の前でだ。

5　雨が降りそうだし、（　　　）少し疲《つか》れたので、今日は早く帰ります。

三　文を続けなさい。

1　その公園は小さいけれど美しい。それに（　　　　　　）。

2　日曜の朝の楽しみはコーヒーを飲み、そして（　　　　　　）。

3　二時間ぐらい図書館で勉強しました。それから（　　　　　　）。

4　今度のアパートは駅に近くて便利だ。しかも（　　　　　　）。

5　その先輩《せんぱい》は仕事のことを親切に教えて下さり、その上（　　　　　　）。

B 〔さらに、おまけに、（それ）ばかりでなく、（それ）どころか〕

1 さらに〔更に〕

句と句、文と文を接続する。
前件の上に後件を加《くわ》える。硬《かた》い言い方。

1 夏休みには東北地方へ旅行する計画です。もし時間とお金があれば、さらに北海道まで足を伸《の》ばすかもしれません。
2 大学を卒業してから、さらに大学院に進んで研究を続ける人もいる。
3 正解者には賞金が贈《おく》られます。さらに正解者の中から抽選《ちゅうせん》で三名の方に記念品をさし上げます。
4 母は私の上京を望まなかったし、さらに父の病気が長びいて、結局、私は希望を断念せざるをえなかった。

2 おまけに

句と句、文と文を接続する。

前に述べた事の上に後の事柄《ことがら》を加《くわ》える。前件、後件は同じ評価をもつことが必要。命令文や希望を述べる文には使えない。くだけた言い方。

(1) 冷たい風の吹《ふ》く寂《さび》しい夜であった。おまけに雪もちらちらしていた。
(2) 今週は予定がぎっしりつまっている。おまけに出版社から原稿催促《げんこうさいそく》の電話もあった。忙《いそが》しいなあ。

(3) ひなを抱《だ》いたヤマドリの雌《めす》は体の色が周囲の色と全く同じで、おまけに全然動かないから、めったに人の目につかない。
(4) ちょっとした違反《いはん》で巡査《じゅんさ》に叱《しか》られ、おまけに罰金《ばっきん》まで取られた。

【注】「それに」「その上」「しかも」でも言える。

3　（それ）ばかりでなく／（それ）ばかりか

行く／行かない／行った／行かなかったばかりでなく。イ・ナ形容詞、名詞も同様に続く。安いばかりでなく、静かなばかりでなく、子供ばかりでなく。「そればかりでなく」「そればかりか」は文と文を結ぶ。

「前の事だけではなくて、後の事もある」という意味。前件はやや軽いことをあげて、後件を強調する。

(1) 演奏《えんそう》して楽しむばかりでなく、自分で作曲も編曲もするそうです。
(2) 子供ばかりか大人までもがコンピューターゲームに夢中《むちゅう》になっている。
(3) 有名な小学校に入るための準備をする塾《じゅく》が盛《さか》んです。そればかりかこのごろは有名な幼稚園《ようちえん》に入るために二歳《さい》から塾《じゅく》に通う子供もいます。
(4) 私は子供のころ全然勉強しなかった。そればかりか、近所の子供とけんかをしたり、いたずらをしたりしてずいぶん親を困らせたらしい。

4　（それ）どころか

行く／行かない／行った／行かなかったどころか。イ・ナ形容詞、名詞も同様に続く。安いどころか、静か（な）どころか。「それどころか」は句と句、文と文を接続する。

前件を否定することによって、結果的に後件を強調する。

(1) ちっとも寒くはありません。それどころか走ってきたので汗《あせ》ばむほどです。
(2) 彼女《かのじょ》は独身じゃありません。それどころか子供が二人もいるんですよ。
(3) 漢字どころかひらがなも書けない。
(4) 「彼《かれ》は多少日本語が分かるんですね。」「多少どころかほとんど完璧《かんぺき》だよ。」
(5) お手伝いしたつもりだったのに、ほめられるどころか、叱《しか》られてしまった。

練習問題〔二〕のB

一　正しい方を選びなさい。

1　大変面白いおもちゃで、子供（a　どころか　b　ばかりか）大人《おとな》も楽しんでいます。
2　人の世話をする（a　どころか　b　ばかりか）自分のことも満足にできない。
3　宿題（a　どころか　b　ばかりか）予習、復習もしなければならない。
4　ゆうべからの雨はまだやまず、（a　おまけに　b　どころか）春特有の強い風がふいていた。
5　これを読んで下さい。（a　さらに　b　おまけに）時間があれば、こちらも読んで下さい。
6　その集まりは楽しみ（a　ばかりか　b　どころか）苦痛です。
7　雨が降ってきた。（a　おまけに　b　それどころか）霧《きり》も出てきたようだ。
8　都内での調査は終わりました。（a　おまけに　b　さらに）来週は周辺都市の情況《じょうきょう》を調べるつもりです。

二 「さらに」、「おまけに」、「それどころか」、「どころか」、「そればかりか」、「ばかりか」の中から適当なものを一度ずつ選んで（　）に入れなさい。

1 「出発の準備はできましたか。」「（　　）まだスーツケースも出してないんですよ。」

2 「あの方はピアノも弾《ひ》くし、歌も上手《じょうず》なんですね。」「（　　）油絵もおかきになるそうですよ。」

3 あまりやかましくて、眠《ねむ》る（　　）一睡《いっすい》もできなかった。

4 異常な地価《ちか》の高騰《こうとう》は都心（　　）周辺地域にまで及《およ》んでいます。

5 授業中の態度は悪いし、（　　）宿題もしない。

6 中級のコースがもうすぐ終わるので、（　　）上級のコースを取りたいと思う。

C 〔て〕

1 て／で

行って／行かないで、安くて／安くなくて、静かで／静かではなくて。

二つの文を切らずに続ける時に使う形。前の文を完結させずに、「て」を使って引きのばしていく。意味は内容によって色々になる。

a 同じような事柄《ことがら》を並《なら》べて述べる。「それから、そして」の意味。

(1) 今度の学校は建物がきれいで、家に近くて、友達も親切だ。

(2) この道をまっすぐ行って、次の角を右へ曲がって、三十メートルほど先の左側です。

(3) 今日は銀行へ行って、本屋でテキストを買って、それから約束《やくそく》の喫茶店《きっさてん》へ行こうと思う。
(4) 彼女《かのじょ》は背《せい》が高くて、美人で、頭もいい。
(5) 上は男の子で、下は女の子です。
(6) 彼《かれ》は授業に出ないで、図書館で勉強していた。

b 「その時から」の意味を表す。

(1) 日本に来て、何年になりますか。
(2) 大学を出て、三年目に結婚《けっこん》しました。
(3) 生まれて初めて外国へ行った。
(4) 運転免許《めんきょ》を取って一週間後に事故を起こした。

【注】 「その時から」と「～した後で」の意味の時には、「動詞テから」の形が使える。

(1) 日本に来てから何年になりますか。
(2) 家へ帰ってから食事をします。
(3) 花がすっかり散ってしまってから、枝《えだ》を切りつめた。

c 「ながら」と同様、二つの動作が同時に進行していることを表す。

(1) 彼《かれ》は目を輝《かがや》かせて、将来《しょうらい》の夢《ゆめ》を語った。
(2) 腕《うで》を組んで考える。
(3) 子供の手をひいて道を渡《わた》る。
(4) 何度も書いて漢字を練習しました。
(5) 大きな音を立てて、川が流れています。

d 「けれども、しかし」の意味［逆接］。

(1) 見て見ぬふりをする。

(2) 「仏《ほとけ》作って魂《たましい》入れず。」

(3) 一日十時間も働いて疲《つか》れないとは大したものだ。

(4) あんなにはっきり約束《やくそく》をしておいて来ないなんて、ずいぶん失礼な人だ。

【注】

a 例文a、cは動詞、イ形容詞の連用形でも言える。やや硬《かた》い書き言葉的。

(1) 銀行へ行き、本屋でテキストを買い、それから約束《やくそく》の喫茶店《きっさてん》へ行った。

(2) 彼女《かのじょ》は背《せい》が高く、美人で頭もいい。

b 理由、原因の「て」は15ページ参照。

c 手段、方法の「て」はここでは扱《あつか》わない。

(1) 歩いて学校へ行く。

練習問題〔二〕のC

一 「て」を使って一つの文にしなさい。

1 今日は私は銀座へ行きました。映画を見ました。そのあとで、コーヒーを飲みました。

（　　　　）

2 暖かくなりました。花が一度に咲《さ》き始めました。

（　　　　）

3 急いで洗いなさい。干しなさい。

（　　　　）

4　姉はいつもおとなしいです。妹は大変活発です。（　）
5　日本海側は雪が降っています。太平洋側は晴れています。（　）
6　彼《かれ》はやさしいです。頭がいいです。親切です。（　）
7　自分でやってみました。はじめてその難しさがわかりました。（　）
8　何度も注意されました。まだ改めようとしません。（　）
9　あそこに座りましょう。相談しましょう。（　）
10　今日は買いません。もう少し安くなるの待ちましょう。（　）
11　彼女《かのじょ》は自分で料理を作りませんでした。出前を頼《たの》みました。（　）

二　「そして」、「のに」、「ながら」、「それから」、「しかも」、「かわりに」、「ので」の中から適当なものを一度ずつ使って、次の文を書き換《か》えなさい。

1　教科書を見て文章を言うのはやさしい。

2　本屋へ行って、地図を一冊買いました。（　　）

3　転勤でこちらへ来て、ちょうど二年になりました。（　　）

4　本を五冊も買って、まだ一冊も読んでいない。（　　）

5　昨日買った桃《もも》は大きくて、大変甘《あま》かった。（　　）

6　この本は難しすぎて読めません。（　　）

〔三〕二つ以上の事柄《ことがら》から選ぶ言い方［選択《せんたく》］

A［あるいは、または、もしくは、それとも、ないし(は)］

1　あるいは

a　疑問文を結ぶ場合……前件か後件のどちらか一方（三つ以上の時はその中の一つ）を選ぶ。
「それとも」、「または」、「もしくは」も使える。

(1) 洋食かあるいは和食か、どちらかをお選び下さい。

(2) 今日にしようか、あるいは明日にした方がいいかと迷っているんです。

(3) 勝つか、あるいは負けるかは、やってみなければわからない。
(4) 飛行機で行くか、あるいは新幹線にするかを、遅《おそ》くとも明日中に決めて下さい。
(5) 新しい車を買うか、海外旅行に行くか、あるいは結婚《けっこん》資金にするか、彼《かれ》はボーナスの使い道を考えている。

b

名詞／名詞句を結ぶ場合……どちらか一方（どれか一つ）を選ぶ、または両方（全部）当てはまることを表す硬《かた》い言い方。「または」「もしくは」も使える。

(1) 黒あるいは青のインクを使って書きなさい。
(2) 朝八時から十時まで、あるいは午後一時から三時までの時間帯においで下さい。
(3) この部屋《へや》は家族の食事と団らん、あるいは来客の接待にも使われる。
(4) 母子家庭、老齢者《ろうれいしゃ》、あるいは身障者には税制上の優遇措置《ゆうぐうそち》があります。

【注】
(1) ふつうの文章では「か」を使う。
黒か青のインクを使って書きなさい。

c

「AもあるいはBも」という形の場合……名詞および動詞、イ形容詞のテ形を結び、どちらか一方ではなく両方ともの意味。「もしくは」「また」も使える。

(1) 厳しい悪天候も、あるいは様々な困難も、彼《かれ》の海へのあこがれを妨《さまた》げることはなかった。
(2) 傘《かさ》も、あるいはレインコートもこの雨では全く役に立たない。
(3) 先生に相談しても、あるいは父に話してみても、賛成してくれない。
(4) この大きな鉄のドアは押《お》しても、あるいは引いても、びくとも動かない。

d　推量のあとに他の可能性を付け加《くわ》える使い方。「または」「もしくは」「それとも」でも言える。

(1) その本は多分図書館にあるでしょう。あるいは山田先生の研究室かもしれません。

(2) それは古代人が日常生活で使った道具でしょう。あるいは、宗教的な儀式《ぎしき》に使われた可能性もありますね。

(3) 出来上がるのは次の日曜日になるでしょう。あるいは土曜の夜かもしれません。

【注】「あるいはAあるいはB」という形で並《なら》べあげる言い方もある。

(1) 若者はあるいは山へあるいは海へと出かけて行く。

2　または〔又は〕

名詞／名詞句、疑問文を結ぶ。並列《へいれつ》的な二つの事柄《ことがら》のどちらを選んでもよいことを表す。「もしくは」、「あるいは」も使える。

(1) この書類は、英語または日本語で記入して下さい。

(2) 国債《こくさい》は銀行または証券会社で扱《あつか》っています。

(3) 二つまたは三つの漢字を組み合わせて、熟語を作る。

(4) 車で行くか、または電車で行くか、その日の天気を見て決めよう。

(5) この木は風で自然に倒《たお》れたのだろうか。またはだれかが倒《たお》したのだろうか。

【注】名詞を結ぶ場合は「か」も使える。

(1) 英語か日本語で記入して下さい。

3　もしくは

接続のしかた、意味は「あるいは」、「または」と同じであるが、もっと硬《かた》い言い方。

(1) 手紙もしくは電話で連絡《れんらく》して下さい。
(2) 試験を受けるか、もしくはレポートを提出しなければならない。
(3) 本人の確認のために、住民票もしくは運転免許証《めんきょしょう》を提示すること。

4　それとも

「Aか、それともBか」と疑問文を結ぶ場合に使われる。話し言葉で多く用いられ、文章では「あるいは」、「または」を使う。

(1) コーヒーにしますか。それとも紅茶《こうちゃ》にしますか。
(2) 大学に行こうか、それとも就職しようかと今迷っています。
(3) だれか来たのだろうか、それとも風の音だろうか。
(4) あした行こうか、あさって行こうか、それとも次の日曜日にしようか。

5　ないし(は)

「AないしB」の形で、「AかB」または「AからBの間」を表す。語と語をつなぐことが多い。「ないしは」の形で句を結ぶことも可能。

a　どちらでもいいが、どちらか一方。

(1) 旅行に参加《さんか》を希望する者は必ず父ないし母の承諾《しょうだく》を得ること。
(2) 東北地方では雪ないし雨になるでしょう。
(3) 手術が成功しても、体が動かなくなるか、ないしは運動機能に障害が残る心配があります。

b　AとBを限界とするこの範囲《はんい》の間。

(1) 募集数《ぼしゅうすう》は五名ないし八名です。

(2) 五千円ないし一万円の贈《おく》り物《もの》を考えています。

(3) 全治には二カ月ないし三カ月かかるでしょう。

練習問題〔三〕のA

一　正しいものを選びなさい。

1　片仮名（a　もしくは　b　それとも）ローマ字で署名すること。

2　お土産《みやげ》屋《や》で買っても、（a　それとも　b　または）駅の売店で買っても、値段は同じでしょう。

3　「いちご、（a　それとも　b　もしくは）みかん、どっちがいいの？」

4　その問題なら、田中さん（a　それとも　b　あるいは）山本さんがよく知っています。

5　彼《かれ》は英語もフランス語も（a　または　b　あるいは）スペイン語も、何でも分かる。

6　お近くの書店（a　それとも　b　もしくは）NHK営業所でお尋《たず》ね下さい。

7　ケーキ（a　それとも　b　あるいは）果物をお見《み》舞《ま》いに持って行きます。

8　このコースを取る学生は二時間（a　または　b　ないしは）三時間の予習が必要です。

9　今すぐ行きますか。（a　それとも　b　ないしは）明日にしましょうか。

二　文を完成させなさい。

1　今度の休みには、どこか近くの山登りか、あるいは（　　　　）。

2　急いで病院へ行かなければなりませんか。それとも（　　　　）。

3　この参考書は大学の売店か、または（　　　　）。

4　故障の場合はそれを買った店に修理を頼《たの》んで下さい。あるいは、（　　　　）。

5　もし道がわからなかったら、駅の前の交番で聞くか、または（　　　　）。

三　（　）の言い方を使って答えなさい。

1　この車の修理には、どのくらいかかるでしょうか。（ないし）

（　　　　）

2　ホテルの予約はどこでしますか。（あるいは）

（　　　　）

3　何を専攻《せんこう》なさるおつもりですか。（それとも）

（　　　　）

4　読めない漢字があったらどうしますか。（または）

（　　　　）

B

［むしろ、というよりは、なり、代わりに］

1　むしろ

句と句、文と文をつなぐ。句の場合は「AよりむしろB」、「AならむしろB」の形で使う。

ほぼ同じ程度であるAとBのうち、どちらかと言えばAよりBの方がよいという判断を表す。

(1) この天候では、先へ進むよりむしろ引き返すべきだ。
(2) 貸し衣装《いしょう》も高いから、借りるよりむしろ買った方が安いだろう。
(3) あんなひどい目に遭《あ》うくらいならむしろ死んだ方がいい。
(4) あの教師の態度には同意できない。むしろ子供達のとった態度の方が正しいと思う。

2 というよりは〔と言うよりは〕

語と語、句と句、文と文を接続する。

「AというよりはB」の形でAよりBの表現の方がより事実に近いという意味を表す。

(1) 彼《かれ》は学者というよりはタレントだ。
(2) あの子は犬を散歩させているというよりは犬に引きずられているというふうだった。
(3) きれいに包装《ほうそう》されて、マーケットに並《なら》んでいるトマトやきゅうりは、野菜と言うより芸術品だ。
(4) 彼《かれ》は田中さんの家に間借りしている、というよりは占領している。
(5) 「この失敗は彼《かれ》の責任だ。」「というよりは、彼《かれ》のグループの責任じゃないか。」

3 なり

「Aなり、Bなり」の形で、語と語、句と句を結ぶ。まだそれ以外にもあるという気持ちで例を示し、その中から一つを選ぶ〔例示〕。

(1) 物理なり数学なり化学なり好きな科目を選択《せんたく》できる。
(2) 参考書を読むなり、先生に聞くなりして、分からないところははっきりさせた方がいい。

(3) 用具は新しく買うなり、誰《だれ》かに借りるなりして下さい。

4 かわりに〔代わりに〕／そのかわり（に）〔その代わり（に）〕

行く／行かない代わりに、安い代わりに。「その代わり（に）」は句と句、文と文をつなぐ。

a 「A（の）代わりにB」の形で、本来はAのはずだったが、何かの理由でBになる、又《また》はAをしないでBをする、あるいはAとBを交換《こうかん》するなどの意味を表す。

(1) 田中先生の代わりに山本先生が教える。
(2) 水を飲む代わりにビールを飲む。
(3) 今後危険な仕事は人間の代わりにロボットがするようになるだろう。
(4) 手紙を書く代わりに電話をかける人が多い。
(5) 日本語を教えてあげましょう。その代わり英語を教えて下さい。

【注】AとBは同じ位の価値をもって、交換《こうかん》可能なものでなければならない。
×(1) 学校の代わりに映画へ行った。
(2) 学校へ行かずに／行かないで映画へ行った。

b 前件を認めた上で、それと反対の評価を後ろに述べる。

(1) 毒にもならない代わりに薬にもならない。
(2) 彼《かれ》は決して遅刻《ちこく》をしない代わりに、あまり仕事もしない。
(3) 社員食堂の食事は安い代わりに、種類が少なくて、いつも同じだ。
(4) 毎日の仕事は非常に忙《いそが》しくて大変だ。その代わり夏休みはゆっくり休むことにしている。

(5)　あのレストランは確かに高い。その代わり料理はすばらしい。

練習問題〔三〕のB

一　「むしろ」、「というよりは」、「なり」、「代わりに」、「その代わり」の中から適当なものを選んで（　）に入れなさい。

1　新しくてきれいなので、病院の待合室（　　　）ホテルのロビーだ。
2　そんなに遅《おく》れて行くのなら、（　　　）欠席の方がいい。
3　いらない本は捨てる（　　　）だれかにあげる（　　　）して早く片づけなさい。
4　色も形もはなやかで、文房具《ぶんぼうぐ》売場（　　　）おもちゃ売場だ。
5　クレジットカードは大変便利な（　　　）、つい必要以上に買いすぎてしまう危険がある。
6　朝食は洋食（　　　）和食（　　　）お好きな方をお選び下さい。
7　仲間といっしょで色々もめごとを起こすぐらいなら、（　　　）一人旅をするよ。
8　両親はあまりやかましいことを言わない（　　　）、しつけもしなかった。
9　今日はおそばで我慢《がまん》してね。（　　　）土曜日に何かおいしいものを作りましょう。

〔四〕　**話題を変える言い方〔転換《てんかん》〕**

1　さて

句と句、文と文を結ぶ。

a　前の事柄《ことがら》をいちおう終わりにして、新たな行動に移る。

(1)　ひととおり説明を読んだところで、さて実際に機械に触《さわ》ってみることにしましょう。
(2)　やっとできあがったので、さて試食ということになった。
(3)　よく知っているつもりでも、さて書いてみるとむずかしいものです。
(4)　食事を終えて、さて店を出ると、外はひどい雨になっていた。

b　前の話が一段落して、次の話題に移る。あるいは前の話題の中から特に取り上げて、新たに話を始める。

(1)　これで天気予報を終わります。さて次に交通情報をお知らせします。
(2)　秋冷の候、ますますご健勝《けんしょう》のことと存じます。さて先日のご依頼《いらい》の件ですが、……。
(3)　その問題はうまく解決がついたが、さて一度こじれた人間関係の方はなかなか修復がむずかしい。
(4)　以上お年寄の健康について色々お話ししましたが、さて最も大切な食べ物と栄養について考えてみますと、……。

2　ところで

文と文をつなぐ。

前の文と関係のない、新しい話題を持ちだす時に使う。

(1)　寒くなりましたね。ところでお父さんはお元気ですか。

(2) このごろ忙《いそが》しくてねえ。ところで最近駅の前に新しいレストランが出来たそうだけど……。

(3) むこうはとても喜んでいたよ。ところで体の調子はどう。

(4) 父と息子《むすこ》は必死で賊《ぞく》を追って馬を走らせていた。ところで、逃《に》げたどろぼうの方は「ここまで来ればもう安心」とゆっくり馬を歩かせていた。

【注】

a 会話の中では「ときに」も使われる。

(1) 先日はお世話さまでした。ときに、田中さんの新しい住所を御存じですか。

(2) よく降りますね。ときに、研究の方はうまく進んでいますか。

b 物語の場面を変える時には「さて」、「話かわって」とも言える。

(1) 白雪姫《しらゆきひめ》は森の小人達と平和な日々を過ごしていました。話かわって、お城のお妃《きさき》は今日も鏡に向かって……。

c 逆接の「ところで」は43ページ参照。

3 **それはさておき**

句と句を接続する。

話の流れを中断して、新しい話題をもち出す。前のことはひとまず主題からはずすという気持ち。

(1) 気候は私達の生活に大きな影響《えいきょう》を与《あた》えますが、それはさておき、農業に対して国が多大な保護を与《あた》えているという問題は考え直さなければならない時が来ています。

(2) 入賞できればうれしいが、それはさておき、代表に選ばれただけでも光栄です。

4 **それはそうと**

文と文を結ぶ。

話の途中《とちゅう》で中断して別な話題に移る。「それはさておき」より切れる感じが強い。

(1) 今年は水不足だといわれていますが、大変ですね。それはそうと、夏休みの計画を立てましたか。

(2) 駅の回りはすっかりきれいになりましたね。それはそうと、来週の対抗戦《たいこうせん》にはだれが出るのだろうか。

練習問題〔四〕

一　いいほうを選びなさい。

1　作り方は説明してもらってよくわかったが、（a ところで　b さて）実際に自分でやってみようとすると、なかなか習ったようにはいかない。

2　ここのコーヒーはなかなかおいしいですね……。（a ところで　b さて）お嬢《じょう》さんの学校は決まりましたか。

3　兄は山でけものを追いかけ走り回っていました。（a ときに　b さて）こちらは海辺へ出て行った弟です。

4　実験室の設備もだいぶ古くなっているんですが、（a それはそうと　b それはさておき）今日ご相談したいのは、各教室にビデオ装置《そうち》を備えるという問題です。

5　ごぶさたいたしておりますが、お変わりありませんか。おかげさまで、私も元気に過ごしております。

6 （a ときに　b さて）このたび大阪へ転勤することになりました。

このごろの入試はむずかしくなって、学校の授業だけじゃとても無理だという話だけれど……。（a それはそうと　b さて）、お宅の坊《ぼっ》ちゃんは何年生になられましたか。

7 先週京都へ行きましたよ。秋の嵐山《あらしやま》はいいですね。（a ところで　b さて）あなたは最近どこかへいらっしゃいましたか。

8 これで学校についての説明を終わります。（a ところで　b さて）次に私の生活について話を進めたいと思います。

9 もう三時ですね。（a ところで　b さて）一休みしましょうか。

10 「朝の電車の込《こ》み具合はどうですか。」「大変なものですよ。」「そうでしょうね。（a それはそうと　b それはさておき）、この秋はいい音楽会がたくさんありますね。」

第三章　一つの事柄《ことがら》を拡充《かくじゅう》して述べる表現

〔一〕

言い換《か》える言い方［換言《かんげん》］

1　すなわち

語と語、句と句、文と文を結ぶ。

a　他の言葉で言い換《か》えて説明する。

(1)　英和辞典では言葉はABCの順に並《なら》んでいますが、日本語辞典では五十音すなわち「あいうえお」の順に並《なら》べてあります。

(2)　日本の表《おもて》玄関《げんかん》すなわち成田空港が完成したのは、一九七八年のことである。

(3)　彼《かれ》はこの春二十歳《さい》になった。すなわち成人に達したということだ。

(4)　その問題で譲歩《じょうほ》するとは、すなわち要求をあきらめることではないか。

(5)　主婦の日常の家事、すなわち掃除《そうじ》、洗濯《せんたく》、炊事《すいじ》といった事柄《ことがら》を代行しようという新しい商売が増えているそうだ。

b　説明文を強める使い方。

(1)　少し位なら大丈夫《だいじょうぶ》だろうという気持ち、それがすなわち油断というものだ。

(2) 君のようにいつも「あしたから勉強する。」と言って何もしないこと、これがすなわちなまけるということだ。

2　つまり

語と語、句と句、文と文を結ぶ。
前件を他の言葉で結論的に言い換《か》える。

(1) 父の兄の娘《むすめ》、つまり私のいとこが、その会社に勤めています。
(2) 大学で教えられたことが、社会に出てからあまり役に立たない。つまり大学で勉強してもしなくても、社会人になってから、あまり影響《えいきょう》がないということだろうか。
(3) 男性は相変わらず昔通《むかしどお》り、つまり仕事一辺倒《いっぺんとう》に疑いを持たぬ人が多い。
(4) 長々と話しているけど、つまり何が言いたいのかね。
(5) 悩《なや》みを先生に相談する生徒は一割に満たない。つまり教師はほとんど信頼《しんらい》されていないということだ。

3　いわば〔言わば〕

名詞の前につく。
「譬《たと》えて言ってみれば」という意味。

(1) 私達は子供の時から同じ家の中で育てられたので、いわば兄弟のようなものです。
(2) 富士山はいわば日本のシンボルだ。
(3) あの人はいわばこの店の看板《かんばん》です。
(4) 卒業証書はいわば社会へのパスポートのようなものだ。

(5)　新聞はいわば社会の動きを写し出す鏡である。

4　ようするに〔要するに〕

文と文を接続する。

前に述べたことをまとめて、肝腎《かんじん》な点にしぼって言い換《か》える。

(1)　彼《かれ》は何か困るとすぐ親に助けを求めたり、他人の援助《えんじょ》を期待したりする。要するに自立心が欠けているのだ。

(2)　「それにはずいぶん費用もかかるし、人手も足りないし、……。」「要するにあなたはこの案に反対なんですね。」

(3)　レタスやキャベツばかりでなく、赤や緑の野菜も大切です。それから蛋白質《たんぱくしつ》、脂肪《しぼう》も必要です。カルシウムやミネラルも十分に摂《と》って下さい。要するに、片寄らずに色々な種類の物を何でも食べればいいわけです。

5　けっきょく〔結局〕

句と句、文と文を結ぶ。

前文から導かれる結論を表す。「前のことの結果、最終的には」の意味。

(1)　一つは色はいいけど形が気に入らない。もう一つは形は悪くないが、色が変だ。結局どちらも買わなかった。

(2)　長男は銀行に就職し、次男は小学校の教師になった。結局父親の医院を継《つ》ぐ者はいなかった。

(3)　「いい仕事が見つかりましたか。」「いいえ、色々探したあげく、結局今のところでもう

(4) 残った物は値段を下げたりしたので、結局全部売り切れてしまいました。

少し我慢《がまん》することにしました。」

6 たとえば〔例えば〕

語と語、句と句、文と文を接続する。

前文で述べたことについて例をあげる〔例示〕。

(1) 子供の成長を祝う行事が沢山《たくさん》あります。例えばひな祭り、子供の日、七五三《しちごさん》などは　古くから伝えられたお祝いです。

(2) お土産《みやげ》としては、何か日本的な物、例えば扇子《せんす》、人形、焼き物などを買おうと思っています。

(3) 訓というのは、漢字を同じ意味の日本語で読む方法です。例えば、「犬」と書いて「いぬ」と読むのがそれです。

(4) 緊急《きんきゅう》の事態、例えば大地震《じしん》や火災の時に、いかに大勢の人々の混乱を防ぐかが課題である。

7 いわゆる

名詞の前に付いて「世間で一般《いっぱん》に言われている」、「俗に言う」という意味を加《くわ》える。

(1) 本を読まなくなる、いわゆる活字離《かつじばな》れの現象が起こっている。

(2) 終戦後中国に残された人々、いわゆる残留孤児《ざんりゅうこじ》の人達が次々に帰国してくる。

(3) 幼い子供に語学や音楽を教えるという、いわゆる英才教育が果たしてほんとうに役に立つのだろうか。

練習問題〔一〕

一　正しいものを選びなさい。（一つとは限らない。）

1　植物の根はいくつかの重要な機能をもっている。{a すなわち / b 例えば / c 要するに / d 結局} 土の中から必要な水分と養分を取り入れること、葉で光合成された養分をたくわえること、植物自身の体を支えることなどである。

2　日常子供達の教育に最も深くかかわっている者、{a すなわち / b 結局 / c 言わば / d つまり} 小、中学校の教師達が自覚を高めなければならない。

3　日米両国間の色々な問題、{a つまり / b 結局 / c 例えば / d 言わば} 経済、貿易、防衛、漁業問題などは、いずれも複雑な原因がからまっている。

4　我々とは全く違《ちが》った考えをもつ十代二十代の若者、{a 結局　b いわゆる　c 言わば}新人類がこれからの日本の社会を変えていくのだろうか。

5　限られた地域に短時間に多量の雨が降る。これが{a 例えば　b すなわち　c いわゆる}集中豪雨《しゅうちゅうごうう》である。

6　これら会員達の手づくりの作品、{a 例えば　b いわば　c すなわち}木工製品、パッチワーク、焼き物、クッキーといったものがバザーに出品される。

7　文法を理解していても、単語が分からなければ文章の意味が分からない。{a 要するに　b 言わば　c 結局}試験では語彙力《ごいりょく》がものをいうということだ。

8　「経験や学歴、能力といったものは問題にしません。」「{a 言わば　b 要するに　c すなわち}人数をそろえればいいんですね。」

9　畑の蛋白質《たんぱくしつ》とは
a 言わゆる
b つまり
c すなわち
大豆《だいず》である。

二　「要するに」、「言わば」、「例えば」、「つまり」、「結局」、「いわゆる」をそれぞれ一度ずつ使って、正しい文にしなさい。

1　長年住んでいるので、この辺りは（　）自分の家の庭みたいなものだ。

2　何人かに頼《たの》んだけれど、皆《みな》都合が悪いと言う。（　）一人ですることになった。

3　方法は色々あるし、それぞれに問題もあるけれど、（　）今より能率が上がればいいわけでしょう。

4　幼い子供でもできるお手伝いがあるはずだ。（　）新聞を取ってくるとか、玄関《げんかん》のくつを並《なら》べるとか、テーブルにおはしを並《なら》べるといったことでよい。

5　姉の息子《むすこ》（　）私のおいは今アメリカで働いている。

6　学業を終えた若い人達が故郷へ帰って就職する、（　）Uターン現象が続けば、地方はもっと活力を取り戻《もど》すだろう。

〔二〕

補う言い方［補充《ほじゅう》］

1　ただ

句と句、文と文をつなぐ。

前文を一応認めながら、わずかな例外や問題点などを補足したり、念のために言い添《そ》えたりする。後件には前件の内容に反する評価が述べられることが多い。
(1) なかなかいい品物ですが、ただ値段が問題ですね。
(2) 遊びに行ってもいいですよ。ただ夕方までには帰ってきてね。
(3) 建物も環境《かんきょう》も申し分ない。ただ駅から遠いのが玉にきずだ。
(4) 修理する方法はあると思う。ただ費用が相当かかるだろう。

2 ただし〔但し〕

文と文をつなぐ。

前に述べたことに、補足的な説明、条件、例外などを客観的につけ加《くわ》える。硬《かた》い言い方。
(1) 社員募集《ぼしゅう》。ただし三十五歳《さい》未満の方。
(2) 月曜日は休館、ただし月曜日が祝日の場合は火曜日を休館とする。
(3) 外出は自由である。ただし十時までに帰ること。
(4) 目的地まで早く着いた人が勝ちです。ただし決められた通過点を一つでも通らなかった場合は失格です。

3 もっとも

文と文をつなぐ。

前文に述べた事柄《ことがら》について、条件や制限をつけたり、例外を示したりして、部分的に修正する。

「そうは言うものの例外がないわけではない」という意味。後の文に命令は使えない。
(1) 彼《かれ》はフランス語がとてもうまい。もっとも十三歳《さい》までパリにいたそうだから、あたりまえだが……。

(2) 毎日電車で通っています。もっとも日曜日は行きませんが。
(3) 来年はヨーロッパへ行こうと思っています。もっともお金ができればの話ですが。
(4) 山を歩くのは何とも壮快《そうかい》ですね。もっとも天候にもよりますけど……。

4 なお

文と文をつなぐ。

前に述べた事を一応切って、さらに他の事を言い添《そ》える。後件には補足説明、例外、特別な事《こと》柄《がら》の追加《ついか》などが示される。

(1) 各方面の方々から有益なご助言をいただきました。なお、この資料をご希望の方には実費でお分けしますので、係まで御連絡《ごれんらく》下さい。
(2) 来週の土曜日にパーティーをする予定です。なお、詳細《しょうさい》は追ってお知らせいたします。
(3) 費用は十日までに納めて下さい。なおいったん納入された費用はいかなる事情があってもお返しできませんのでご了承《りょうしょう》ください。
(4) 参加ご希望の方は葉書でお申し込《こ》み下さい。なお、申し込み多数の場合は抽選《ちゅうせん》を行います。

5 ちなみに

文と文をつなぐ。

ある事柄《ことがら》を述べたついでに、それに関連のあることを参考までにつけ加《くわ》える。「ついでに言えば」という意味。

(1) 田中さんにこの仕事を担当してもらうことにします。ちなみに彼《かれ》は昨年は営業で立派な成績を上げたそうです。

(2) この学校は長い輝《かがや》かしい歴史と伝統をもって、多数の優秀《ゆうしゅう》な卒業生を送り出してきました。ちなみに本校の卒業生の就職先を見ますと、誠に広い分野にわたっております。

(3) 今年度七月までの交通事故死亡者数は五千四百六十八人にのぼっています。ちなみに昨年度同期に比べますと、三十六人増えています。

練習問題〔二〕

一　いいほうを選びなさい。

1　料理は専門の学校へ行ってひととおり習った。（a　ちなみに　b　ただし）半年間の速成コースだけれど。

2　今度の数学の試験の結果は、山本さんが九十八点で、私は九十五点だった。（a　ただし　b　ちなみに）クラスの平均は七十二点だった。

3　これで私の説明を終わります。（a　なお　b　もっとも）質問の時間を設けますので、後《のち》ほどお願いします。

4　山村さんは今度アメリカへいらっしゃるそうですね。（a　ただ　b　ちなみに）私もアメリカへ行ったことがあります。（a　ちなみに　b　もっとも）ハワイだけですが。

5　この植物はなるべく日光に当てた方がいい。（a　ただし　b　なお）真夏は日陰《ひかげ》に置いて下さい。

6　それは多分面白いだろう。（a　ただ　b　なお）ちょっと危険だけれど。

7　行ってもいいですよ。（a　ただし　b　もっとも）宿題を済ませてから行きなさい。

8　抽選《ちゅうせん》により十名の方に景品を差しあげます。（a　もっとも　b　なお）発表は品物の発送をもって代えさせていただきます。

9　疲労《ひろう》回復にはおふろがいい。（a　もっとも　b　なお）あんまり疲《つか》れすぎた時にはおふろに入る元気もないけど。

10　明日は定休日で店は休みです。（a　なお　b　ただ）明後日もお盆《ぼん》のため、休ませていただきます。

二　文を完成させなさい。

1　この家は駅に近いしきれいで、なかなかいい。ただ、（　　　　　　　　　　　　）。

2　この方法で練習すれば、必ず上手《じょうず》になる。ただし、（　　　　　　　　　　　　）。

3　彼《かれ》は若いころバスケットボールの選手だった。もっとも（　　　　　　　　　　　　）。

4　次の日曜日のスポーツ大会には、どうぞ奮《ふる》ってご参加《さんか》下さい。なお、（　　　　　　　　　　　　）。

第四章　総合問題

一　一番いいものを選びなさい。

1　冗談《じょうだん》{a では / b でも / c ながら}そんなことを言ってはいけない。

2　「受け付けは十一時までです。」「{a それで / b それでも / c それでは}急ぎましょう。」

3　「どうして食べないの?」「{a というのは / b なぜなら / c だって}まずいんだもの。」

4　家族が口うるさく言った{a ところが / b ところで / c どころか}本人に止《や》めようという気がなければ駄目《だめ》です。

5　北海道の海は夏でも冷たい。

a　まして
b　しかも
c　その上

冬の海はどんなに冷たいことだろう。

6　田中さんはよく人の面倒《めんどう》を見る。

a　その代わり
b　しかも
c　もっとも

世話を焼きすぎるとも言えるが。

7　美しいもの、面白いもの、気味悪いもの、顕微鏡《けんびきょう》は不思議な世界を見せてくれる。

a　すると
b　だから
c　だけど

僕《ぼく》は顕微鏡《けんびきょう》に興味を持つのだ。

8　道には迷うし、日は暮《く》れるし、辺りには家一軒《いっけん》見えない。

a　が
b　で
c　と

、しかたなくその日は野宿した。

9　ふだん何気《なにげ》なく使っている日本語も、考えてみると分からないことが多い。

a　それはさておき
b　たとえば
c　すなわち

「雪が白い」と「雪は白い」はどう違《ちが》うのだろうか。

10　彼《かれ》が会社再建の功労者であることに異論はない。｛a ただ　b それとも　c なお｝マスコミの手放しの礼讃《らいさん》にはいささか首をかしげたくなる。

二　（　　）の言葉を一度ずつ使って（　　）に入れなさい。

1　｛それで、それに、それなら、それでも｝

「週末だから明日は込《こ》むかもしれませんよ。」

(1)「（　　）どうしても明日行かなくてはならないんだけど。」

(2)「（　　）実は困っているんですよ。」

(3)「（　　）給料日のあとですしね。」

(4)「（　　）来週にのばしましょう。」

2　｛それでも、そうすると、それでは｝

「この頃《ごろ》時間がなくて月に一度も練習に行けません。」

(1)「（　　）私の方が少しうまくなったかもしれませんね。」

(2)「（　　）なかなか上達しないでしょう。」

(3)「（　　）腕《うで》が落ちないんだから大したものだ。」

3　｛それなら、それから、それにしては｝

「このごろ毎日二時間位練習しているそうですよ。」

(1)　「（　　）すぐ上手《じょうず》になるでしょうね。」

(2)　「（　　）あまり上達しませんね。」

(3)　「（　　）月に一、二度は試合もするそうですよ。」

4　｛それでも、それにしても、それで、したがって｝

夏は食欲が落ちます。

(1)　（　　）三キロやせました。

(2)　（　　）栄養のあるものを工夫して食べることが肝要《かんよう》です。

(3)　（　　）体重は変わりません。

(4)　（　　）毎日そうめんとすいかでは体に悪いですよ。

5　｛むしろ、もっとも、あるいは、したがって｝

バスで行けば七時間位かかるでしょう。

(1)　（　　）もっとかかるかもしれません。

(2)　（　　）自分で車を運転して行った方が楽です。

(3)　（　　）夜遅《おそ》く発《た》って眠《ねむ》っている間に着くなら何でもありませんが。

(4)　（　　）丸半日揺《ゆ》られることになるわけです。

6 ｛それにしても、だから、おまけに、もっとも｝

連休に山へ行ったら、ひどい雨に降られた。

(1)（　）雷《かみなり》が鳴って怖《こわ》かった。

(2)（　）予定を早めて帰ってきた。

(3)（　）時間にすれば大して長くはなかったけれど。

(4)（　）こんな季節に雷雨《らいう》があるんだろうか。

三　一番いいものを選びなさい。

1 「五千円もするのですか。｛a それにしては　b それにしても　c それとも　d それでも｝中身が少ないですね。」

2 飛行機が｛a 落ちて　b 落ちれば　c 落ちたが　d 落ちたので｝人が大勢死んだ。

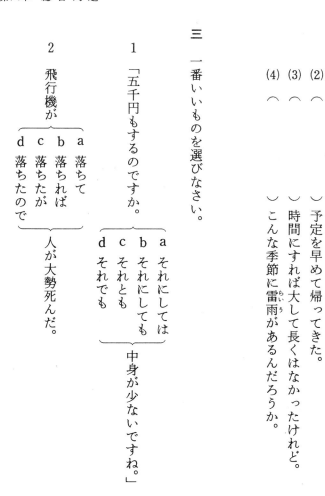

3　若い｛a でも　b ながらも　c ばかりか　d どころか｝立派に社長の重責を果たしている。

4　国民には誰《だれ》でも教育を受ける権利があります。｛a あるいは　b しかし　c それでも　d つまり｝同時に国民は子供に教育を受けさせる義務があります。

5　あと数年も｛a するが　b しても　c したり　d すれば｝娘《むすめ》も離《はな》れていってしまうだろう｛a から　b けど　c ので　d と｝、その時に備えて今から夫婦二人の楽しみを作るよう心掛《こころが》けよう。

6　外来語を多用する｛a が　b し　c と　d なら｝なんとなくしゃれた感じがすると思う。｛a その代わり　b その結果　c その上　d そのため｝「百貨店で買い物を」というところを「デパートでショッピングを」と言う。

7　マネー・サプライが増えている｛a ためにｂ からにはｃ もののｄ なら｝、今のところ物価が急上昇《きゅうじょうしょう》する心配はない。｛a つまりｂ ただしｃ そのくせｄ しかも｝、インフレの危険が全くないわけではない｛a どころかｂ けれどｃ のでｄ のに｝、引き続き物価動向を監視《かんし》する必要がある。

四　（　）の言葉をそれぞれ一度ずつ使って、二つの文を一つにしなさい。

1　〔て、と、ば、なら、から〕

(1)　山田さんは学校から帰った。買い物に行った。

（　　　　　　　　　　）

(2)　彼女《かのじょ》はユーモアのセンスもあります。知識も豊かです。

（　　　　　　　　　　）

(3)　一生懸命《けんめい》やっているのです。ほめてあげましょう。

（　　　　　　　　　　）

(4) 結婚《けっこん》します。教会で式を挙《あ》げたいと彼女《かのじょ》は子供の時から思っていました。（　　）

(5) 電車が込《こ》んでいました。乗れませんでした。（　　）

2 {し、つつ、たり、ながら、ばかりか、どころか}

(1) 無事を祈《いの》る。連絡《れんらく》を待つ。（　　）

(2) 事件を知らない。彼《かれ》こそ中心人物である。（　　）

(3) ここにある沢山《たくさん》の人形はおみやげに頂いた。自分で買った。（　　）

(4) 彼《かれ》は頑張《がんば》っている。きっとうまくいくだろう。（　　）

(5) 柔道《じゅうどう》は日本で人気《にんき》がある。世界中で愛好されるスポーツになった。（　　）

(6) 山頂まであと数メートルの地点まで達した。濃《こ》いガスのため断念せざるをえなかった。（　　）

3 {代わりに、くせに、にもかかわらず、のに、ものの}

(1)　子供だ。酒を飲んでいる。（　　）
(2)　ご多忙《たぼう》です。わざわざお出で下さってありがとうございました。（　　）
(3)　こんなに心配していました。一体どこへ行ってたんですか。（　　）
(4)　郵便で送ります。ファックスを使うと早いです。（　　）
(5)　本を読みはじめた。全然頭に入らない。（　　）

4　{から、からといって、からには、ところで、ので}

(1)　高いです。おいしいとは限らない。（　　）
(2)　担当の者がすぐ参ります。ここでお待ちください。（　　）
(3)　社会人になった。学生時代のような気ままは許されない。（　　）
(4)　ガソリンが足りません。入れておいてください。（　　）

(5) 壁《かべ》を塗《ぬ》りかえます。部屋《へや》の狭《せま》さは変わりません。
（　　　　　　　）

五 ｛　｝の中から適当な語を選んで（　）に入れなさい。

1 ｛すなわち、および、それとも、ないしは｝

(1) 平仮名、片仮名、（　　　）四百余りの漢字を初めの一学期に勉強します。
(2) 「コーヒー、（　　　）紅茶、どちらになさる?」
(3) 礼装《れいそう》（　　　）略礼装《りゃくれいそう》で御出席いただきたい。
(4) 金融《きんゆう》機関、（　　　）銀行、証券会社などに就職を希望する者が多い。

2 ｛つまり、並《なら》びに、かつ、あるいは｝

(1) 詳細《しょうさい》（　　　）厳密《げんみつ》な報告を期待している。
(2) 昨年度の決算（　　　）今年度の予算が可決された。
(3) 銀行振込《ふりこみ》（　　　）現金書留で代金を送って下さい。
(4) 官庁で働く人（　　　）公務員にはストライキ権がない。

3 ｛その上、すると、なお、それから｝

(1) おばあさんは桃《もも》を二つに割りました。（　　　）中から元気な男の子が出てきました。

(2) あさってから試験が始まる。（　　）今週中にレポートも出さなければならない。
(3) 来月の第一日曜日に例会があります。（　　）議題は追ってお知らせします。
(4) 犬を散歩させて下さい。（　　）買物もお願いします。

4 {〜と〜と、〜し〜し、〜たり〜たり、〜なり〜なり、〜とか〜とか、〜やら〜やら}
(1) 電話もない（　　）、セールスマンも来ない（　　）、別荘暮《べっそうぐ》らしは静かでいい。
(2) 食事は自炊《じすい》する（　　）、食堂で食べる（　　）、近くの店で買ってくる（　　）すればいい。
(3) デモがあろう（　　）、ストライキがあろう（　　）、会社はビクともしない。
(4) 家賃が安くて駅に近い所であれば、少々やかましい（　　）、建物が古い（　　）いうことはがまんしよう。
(5) あの年は子供の入院（　　）、引越《ひっこ》し（　　）で費用もかかり大変だった。
(6) 新聞を読ん（　　）、テレビニュースを見（　　）していれば、家から出なくても、世の中の動きはみんな分かります。

六　いいほうを選びなさい。
1　値段が少し高くても品質のよい物がよく売れる。（a　例えば　b　要するに）大切なのは品質である。
2　月に住むことが出来る（a　とすれば　b　というのは）地球の人口問題は解決されるのだろ

うか。

3　パソコンが普及《ふきゅう》している。小型化し、（a　まして　b　しかも）性能が飛躍《ひやく》的に向上した。

4　少年はいつもうそをついていた。（a　その上　b　その結果）、誰《だれ》も彼《かれ》の話を信じなくなってしまった。

5　この地域では植物を一切採ってはいけない。（a　なぜなら　b　それでも）国立公園だからだ。

6　日本ではスポーツのテレビ中継《ちゅうけい》番組にコマーシャルが多すぎる。（a　それはそうと　b　ちなみに）アメリカではフットボールの試合中にコマーシャルを入れると不買運動が起こるそうだ。

7　彼女《かのじょ》はあまりに美しすぎた。（a　それゆえに　b　なぜならば）数奇《すうき》な運命をたどることとなった。

8　問題は産業公害から都市生活型公害（a　言わば　b　つまり）自動車の排気《はいき》ガスや生活排水《はいすい》の問題へ変化してきた。

9　あなたはお酒が好きですか。（a　なぜなら　b　というのは）知人からウイスキーをもらったのですが、私は医者にアルコールを禁じられているのです。

10　既婚《きこん》、未婚《みこん》（a　にかかわらず　b　にもかかわらず）満二十歳《さい》に達すれば、法律上、一人前とみなされる。

11　先日あるサークルで会員名簿《めいぼ》をもらった。（a　それで　b　すると）そこに会員の氏名、住所、電話番号とともに年齢《ねんれい》も印刷されていた。

12　十九世紀のヨーロッパは当時最新の科学技術と生産力、（a　そして　b　それとも）圧倒《あっとう》的な武力にものをいわせて、植民地を拡大した。

13　この数年来「消費者の多様化、個性化」が繰《く》り返し言われてきている。（a　その代わり　b　それにもかかわらず）現実は群れをなす消費者がまだまだ多い。

14　排気《はいき》ガス規制を決めたし、（a　また　b　または）低公害車の普及《ふきゅう》や交通量の抑制《よくせい》に取り組んでいる。

15　長期構想では、自然とのふれあい、新しい環境《かんきょう》づくり、（a　むしろ　b　あるいは）快適な環境《かんきょう》づくりに重点が向けられる。

16　日本語では主語であるか目的語であるかは「が」や「を」のような助詞によって示されるのが原則です。（a　従って　b　それ故に）順序が入れ替《か》わっても意味不明になる恐《おそ》れが少ないわけです。

17　人には自然を思い通りにしたいという願望や理想の空間を持ちたいという夢《ゆめ》があった。それが庭園である。（a　それで　b　だから）もともと、庭園は特権的な富裕《ふゆう》階級のものだった。

七　正しいほうを選びなさい。

1　私達は結婚《けっこん》して三十年たちました。（a　そこで　b　ところで）三十年を記念して何か社会に役立ちたいと、わずかです（a　が　b　ので）寄付させていただくことにしました。

2　もっと早く連絡《れんらく》してくれればいい（a　ものの　b　ものを）。わざわざ会社を早退（a　したから　b　して）損した。

3　店内はこじんまりして（a　いながら　b　いて）カウンターの前に八席、テーブルが二つで八席、それだけである。（a その代わり　b それでは）各席にはゆったりした間隔《かんかく》がとってある。

4 治療《ちりょう》と共に予防も大事です。（a なお　b でも）どうすれば病気を予防できるのでしょうか。病気の原因もはっきりしていない（a のに　b と）そんなことが出来るわけがありません。

5 内容はひととおり調べた。（a ところで　b さて）その中から一つを選ぶとなる（a と　b ので）迷ってしまう。

6 三字以上の漢語はほとんど一字（a および　b ないし）二字の漢語の組み合わせからできている。（a それで　b そこで）まず、二字の漢語の構成を見てみよう。

7 日ごろの運動不足解消の（a ために　b ゆえに）、夜、ジョギングをするという私に夫は「女一人で夜遅《おそ》く走るなんて危険だ。僕《ぼく》もボディーガードに走る。」と言う。（a それで　b つまり）夫と私は一緒《いっしょ》にジョギングをすることになった。

8 カラフトと同じ緯度《いど》とはいう（a ものの　b ものを）首都プラハは寒すぎた。しとしと長雨が続き、六月もなかばという（a ので　b のに）、コートやセーターが手放せない。

9 最近は自分の考えを持って生きようとする女性も多くなってきました。（a ただ　b また）それを受け入れる世の中の状況《じょうきょう》も変わってきました。（a でも　b だから）、一方にはせっかくの自由を生かそうとせず、楽な道へ逃《に》げる人も増えています。

10 いくらバイオ・テクノロジーが発達し（a て　b ても）、人間が新しい高等生物を作ることは、まず不可能です。（a それにしても　b それなのに）、環境破壊《かんきょうはかい》によって全世界で毎年、千種もの生物《せいぶつ》が絶滅《ぜつめつ》しつつあるということです。

11　日本は今、経済的には豊かになった（a　のに　b　けれど）、でも本当に豊かだという充実《じゅうじつ》感を持っている人は少ない。それは（a　要するに　b　だからと言って）文化的には豊かになってはいないということだ。遊びが（a　なければ　b　なくても）文化も本当の豊かさもない。

12　輸入ステンレス鍋《なべ》はアメリカ製が多いが、（a　さらに　b　ならびに）カナダ製、ドイツ製、イタリア製などもある。（a　また　b　または）、乗用車のように一つのメーカーに様々なブランドがあり、ブランドごとに輸入総代理店があり、その下に数え切れないほどの代理店がひしめいている。（a　そのため　b　しかしながら）同じ構造のステンレス鍋《なべ》でも値段がまちまちになっている。

八　正しいものを選びなさい。

1　彼《かれ》は料亭《りょうてい》で十五年間修業をし、板場を預かるように①（a　なったら　b　なって）七年後に独立した。小さくていい②（a　から　b　のに　c　ものを）気分よく働ける店を持って、好きな料理を作って暮《く》らすことが夢《ゆめ》であった。③（a　けれども　b　だから　c　そこで）腕《うで》を見込《こ》まれて、どんなに好条件の誘《さそ》いが④（a　あったら　b　あっても）動くつもりはない。体《てい》よく断るの⑤（a　でも　b　とも　c　なら）、いくらでも手はあるはずだ。

2　姉の安寿《あんじゅ》と弟の厨子王《ずしおう》とは抱《だ》き合って泣いている。故郷を離《はな》れるのも、遠い旅をするのも、母といっしょにすることだと思っていた①（a　のに　b　ので）、いま、思いがけずに引き

分けられて、ふたりはどうしていいかわからない。（略）
昼になって、宮崎《みやざき》の三郎《さぶろう》はもちを出して食《く》った。②（a そして　b それに）安寿《あんじゅ》と厨子王《ずしおう》とにもひとつずつくれた。ふたりはもちを手に取って、食べようともせず、目を見合わせて泣いた。夜は宮崎がかぶせたとまの下で、泣き③（a つつ　b ながら）寝入《ねい》った。
④（a だから　b こうして）ふたりは幾日《いくにち》か船で暮《く》らした。宮崎《みやざき》の三郎《さぶろう》は、ふたりを、越《えっ》中《ちゅう》、能登《のと》、越前《えちぜん》、若狭《わかさ》のあらゆる場所へつれていって、売ろうとしたのである。
⑤（a しかも　b しかし）、ふたりが小さい⑥（a 上に　b ために）、からだも弱そうに見える⑦（a のに　b ので）、なかなか買おうというものがない。たまに買い手が⑧（a あっても　b あって）、値段の相談が合わない。

（森鷗外「山椒大夫」）

3

身体に悪いと言われ①（a かつ　b つつ）たばこを吸う若い女性が後《あと》を絶たない。「カッコいいから」②（a とか　b やら）「やせるため」③（a とか　b やら）の美容対策がその理由のようだ。たしかに、たばこを④（a 吸うと　b 吸って）、舌や胃に悪影響《あくえいきょう》があり、体重は増えにくいだろう。
⑤（a それでも　b でも）、これは美容というより健康障害に近い。⑥（a というのは　b むしろ）喫煙《きつえん》は末梢《まっしょう》神経の収縮《しゅうしゅく》や皮膚《ひふ》の温度の低下をもたらし、肌《はだ》の老化を進めるからだ。⑦（a そればかりか　b それにしても）たばこを吸う母親からは低体重児や障害児の生まれる割合が高いというし、⑧（a 結局　b さらに）、たばこの煙《けむり》は周囲の人間の健康をも害することが証明されている。

4

幼児のうその一つは空想的なうそです。①（a だから　b すなわち　c しかし）空想していることが現実のように思われてきて話すうそです。②（a　ゆえに　b　要するに　c　ただし）こうしたうそは四歳《さい》ごろに多く、六歳《さい》になる③（a　と　b　から　c　ため）減ってきます。④（a　それとも　b　そして　c　だから）虚栄心《きょえいしん》から友達にうそをつくことが出てきます。空想的なうそは全く心配ありません。⑤（a　むしろ　b　そのため　c　なぜなら）現実が分ってくると、空想を切り離すことが出来るようになるからです。⑥（a　それなら　b　まして　c　一方）虚栄的《きょえいてき》なうそ、⑦（a　つまり　b　すると　c　ところで）見栄《みえ》を張ってつくうそには、自分が認められたいという意識が働いています。もし両親から十分大事にされていないと感じて⑧（a　いるから　b　いると　c　いたり）、母親が下の子供の世話で手いっぱいといったことが⑨（a　あるから　b　あれば　c　あると）、心がけてスキンシップを増やして下さい。自分が愛されているという確信が生じ、心が安定してくると、うそは減ってきます。

5

工場から川に流された排水《はいすい》中の有害物質のために下流の住民に多数の被害者《ひがいしゃ》が出たことがあった①（a　が　b　にもかかわらず）、この種の公害は工場内に排水浄化装置《はいすいじょうかそうち》を設置することにより防止が可能である。②（a　一方　b　ところで）多数の汚染源《おせんげん》があり、長期にわたる微量《びりょう》③（a　および　b　かつ　c　並《なら》びに）複合的な環境汚染《かんきょうおせん》では、その影響《えいきょう》を検知することは難しく、④（a　むしろ　b　したがって）その対応策も模索《もさく》の域を出ない。⑤（a　しかし　b　即《すなわ》ち）人間の生存にとって科学物質が必須《ひっす》のものだ⑥（a　とすれば　b　だからといって）それらを安全に使いこなす技術と社会システムを早急《そうきゅう》に構築しなければなるまい。

九　〔　〕から適当な言葉を選んで（　）に入れなさい。

1　〔そのため、それなら、例えば、とはいうものの〕

週休二日は大企業《きぎょう》を中心に広がった①（　）中小企業《きぎょう》まではまだ進んでいない。我が国は大企業《きぎょう》と中小企業《きぎょう》の格差がとりわけ大きい。②（　）、中小企業《きぎょう》への配慮《はいりょ》は不可欠だ。③（　）週休二日制を導入する中小企業《きぎょう》には減税などの思い切った優遇措置《ゆうぐうそち》があってもいいのではないか。

2　〔この結果、すなわち、それ故、なお〕

十一月から外国人の公団賃貸住宅への入居資格が緩和《かんわ》されることになり、①（　）これまでの申し込《こ》み資格のうち「入国後一年以上の在留継続《けいぞく》」という要件が削除《さくじょ》されたのである。②（　）一定の収入があれば、サラリーマン、留学生を問わず、日本人と同様に申し込《こ》みが出来ることになった。③（　）大学など受け入れ側が留学生の居住施設《しせつ》として利用したい場合の便宜《べんぎ》も図られる方針である。

3　〔が、から、しかし、と、というよりは、ところが、ので、むしろ、ものの〕

留学生の友人が財布を落としてしまったと電話してきた。私は「少し融通《ゆうずう》しようか」とは言った①（　）、自分もアルバイトでやっと暮《く》らしている②（　）全く余裕《よゆう》はない。彼《かれ》は「自分の不注意だ③（　）心配しないで。」と言うが、

④（　　　　）その元気のない声がひどく気にかかった。

⑤（　　　）二、三日たった夜、「お金が見つかったよ。」と彼《かれ》からうれしそうな電話。聞いてみる ⑥（　　　）、拾った中学生が警察に届けてくれたそうだ。拾った財布を警察に届けるということは常識だろう ⑦（　　　）、最近の世の風潮を考えると、⑧（　　　）届けられた方が不思議なくらいだ。友人は日本の社会の健全さに改めて感嘆《かんたん》していた。

4 ｛しかし、そうすると、そこで、ただし、でも、どころか、そして｝

大金持になった杜子春《としゅん》はすぐ立派な家を買って、玄宗皇帝《げんそうこうてい》にも負けないくらいぜいたくな暮《く》らしをしはじめました。（略）

①（　　　）、いくら大金持ち ②（　　　）お金にはさいげんがありますから、さすがのぜいたくやの杜子春《としゅん》も一年、二年とたつうちにはだんだん貧乏《びんぼう》になりだしました。

③（　　　）人間は薄情《はくじょう》なものできのうまでは毎日来ていた友達も、きょうは門の前を通ってさえ、挨拶《あいさつ》ひとつしていきません。④（　　　）とうとう三年目の春、また杜子春《としゅん》が以前のとおり、一文なしになってみると、広い洛陽《らくよう》の都の中にも、かれに宿を貸そうという家は一軒《けん》もなくなってしまいました。いや、宿を貸す ⑤（　　　）、今では碗《わん》に一杯の水も恵《めぐ》んでくれるものはないのです。

⑥（　　　）かれはある日の夕方、もう一度あの洛陽《らくよう》の西の門の下に行って、ぼんやり空を眺《なが》めながら、途方《とほう》にくれて立っていました。

（芥川龍之介「杜子春《としゅん》」）

5 ｛あるいは、一方、したがって、だが、まして、むしろ｝

エイズ感染を恐《おそ》れた若い人々の献血離《けんけつばな》れが深刻化しているというが、献血《けんけつ》を通じてエイズ感染が起こることはあり得ない。①（　　　　）現実には、エイズや献血《けんけつ》に対して、誤った認識がなされている。それは、保健衛生面において、厚生省②（　　　　）、日赤《にっせき》の社会へのアピールが足りないためであり、③（　　　　）、血液の種類によっては、外国からの輸入に頼《たよ》らざるを得ないものもあり、④（　　　　）そのほうが、エイズ感染の危険性をはらんでいると言えよう。⑤（　　　　）、今後はさらに、血液を国内で自給自足していかねばならない。

6 ｛しかし、さらに、そのうえで、それにもかかわらず｝

米ソ両国は共同声明で中距離核戦力《ちゅうきょりかくせんりょく》（ＩＮＦ）を地球規模で廃絶《はいぜつ》することで原則合意したと発表した。①（　　　　）ＩＮＦ交渉《こうしょう》の細部ではまだ未解決問題が残っているとし、ジュネーブの米ソ交渉代表団に問題の早期決着を指示した。

②（　　　　）声明では、次の軍縮実現の目標として米ソ戦略攻撃《こうげき》核兵器の相互《そうご》半減を目指す事を明記。このほか、今回の外相会談の成果として、地域紛争《ちいきふんそう》、人権などの懸案事項《けんあんじこう》にも目ざましい進展が得られた、としている。

③（　　　　）、ＩＮＦ問題の残る問題と米ソ首脳会談の日程づくりを中心に両国外相が来月、モスクワで再会談すると発表した。

語彙索引

イタリックは注にあることを示す。

れ

わ

144

用語索引

著者紹介

横林宙世（よこばやし・ひさよ）
1965年国際基督教大学教養学部語学科卒業。ラオス王立師範学校，アテネオ・デ・マニラ大学講師を経て，現在，上智大学比較文化学部，国際学友会日本語学校，朝日カルチャーセンター講師。

下村彰子（しもむら・あきこ）
1965年国際基督教大学教養学部語学科卒業。フランシスコ会聖ヨセフ日本語学院教師。上智大学比較文化学部講師。

外国人のための日本語例文・問題シリーズ6

接続の表現

昭和六十三年二月十日　印刷
昭和六十三年三月五日　初版

著者　横林宙世　下村彰子
発行者　荒竹勉
印刷／製本　中央精版印刷
発行所　荒竹出版株式会社
東京都千代田区神田神保町二―四〇
郵便番号一〇一
電話　〇三―二六二―〇二〇二
振替（東京）二―一六七一八七

（乱丁・落丁本はお取替えいたします）
ISBN4-87043-206-4　C3081

定価1,500円

NOTES

NOTES

NOTES

外国人のための日本語
例文・問題シリーズ6

『接続の表現』練習問題解答

第一章　二つの事柄《ことがら》を論理的関係でつなぐ表現

一　順　接

〔一〕　一　1・b　2・b　3・b　4・a　5・b　6・a　7・b　8・b　9・a　10・a　11・b　12・b　二　1・b　2・a　3・b　4・c　5・b　6・a　7・b　8・b　9・c　10・b　11・a　12・c　三　1　足すと／足せば　2　行ったら　3　見ると／見たら　4　読んでいると／読んでいたら　5　するなら　6　あれば／あったら／あるなら　7　座ると／座ったら／座れば　8　できたら　9　習う(の)なら　10　寒ければ／寒かったら／寒いなら　四　A　1・b　2・c　3・a　4・d　B　1・d　2・c　3・b　4・a　C　1・c　2・a　3・b　4・d　D　1・c　2・b　3・d　4・a

〔二〕のA　一　1　忙《いそが》しくて～　2　あの人は正直なので～　3　地震《じしん》で～　4　試験が終わったから～　5　会社が倒産《とうさん》して～　6　十年ぶりに友達に会ったので～　7　あの人はよく勉強しているから～　8　この部屋《へや》はきれいで～　9　彼女《かのじょ》は自分勝手なので～　10　難しい漢字があって～　11　漫画《まんが》がこれだけ若者の間に人気があるからには～　12　天候が悪くて、飛行機の出発が遅《おく》れたので～　二　(例)　1　狭《せま》い　2　なかった　3　降っ　4　おいしい　5　ひい　6　日曜日な　7　安い　8　病気　三　1・b　2・c　3・b　4・a　5・b　6・b　7・b　8・b　9・c　10・a　11・c

〔二〕のB　一　(例)　1　新しいのを買うつもりです。　2　人々の忠告を聞こうとしなかった。　3　大学は卒業したほうがいい。　4　新聞が読めるようになった。　5　古い伝統が残っている。　6　子供たちは父に親しみを感じなかった。　二　1　そのため　2　だから　3　ゆえに　4　その結果　5　ですから　6　したがって　三　1・b　2・a　3・c　4・c　5・a　6・a　7・c

〔三〕のA　一　1　友人が日本へ遊びに来た。それで成田《なりた》まで～。　2　浦島太郎《うらしまたろう》が玉手箱《たまてばこ》を開けた。すると中から～。　3　「たばこのせいか、のどが痛いです。」「それでは、窓を～。」　4　健康の秘《ひ》訣《けつ》は腹八分目になったら、そこではしを～。

二 1 そこで 2 すると 3 それで 4 それでは 5 すると 6 それで 7 それでは 8 そこで 三 1・c 2・a 3・b 4・b 5・c 6・a 7・c 8・c 9・a

〔三〕のB 一 1 それなら 2 まして 3 こうして 4 一方 5 まして 6 それなら 二 (例) 1 していたら、勉強する暇《ひま》はありません 2 狭《せま》い島国である 3 呼んだらどうですか 4 漢字は楽だが助詞が大変だという 5 一日でできるはずがない 6 演じるものになったのです 三 (例) 1 大人《おとな》でもその荷物は持てないだろう。まして子供に持てるわけがない。 2 以前は疲《つか》れやすかった。それで酒とたばこをやめて、なるべく乗り物に乗らずに歩くようにした。こうして身体が丈夫《じょうぶ》になった。 3 東京では冬にほとんど雨が降らず、空気は乾燥《かんそう》しています。いっぽう、日本海側では毎日のように雪がふります。 4 「字が下手《へた》だからつい筆不精になってしまうんです。」「それなら、ワープロを使えばいいじゃありませんか。」

〔四〕一 1 というのは 2 なぜなら(ば) 3 だって 4 なぜなら(ば) 5 というのは 6 なぜなら 7 だって 二 1・b 2・b 3・a 4・a 5・b 6・a 7・a 三 (例) 1 こんなに高い建物が並んでいるのを、見たことがなかったから 2 おなかがすいてたんだもの 3 いつも一番早く来て準備をしてくれるのですよ 4 この夏は雨が少なかったから 5 この色が大好きなんだ

二　逆接

〔一〕一 1 何時間漢字を勉強しても～ 2 仮に手術をしたとしても～ 3 どんなに忙《いそが》しくたって～ 4 たとえ何があろうと～ 5 いくら急いで走って行ったところで～ 6 いくら親友でも～ 7 たとえ皆《みな》が何と言おうと～ 二 1 叱《しか》られたって～ 2 気分が悪いなら、横になっても～ 3 働かなくても～ 4 押《お》そうと引こうと～ 5 歩いても歩いても～ 6 いまさら謝ったところで～ 7 贈《おく》り物《もの》は安いものでも～ 8 損をしたところで～ 三 (例) 1

雨が降っても散歩をします。 2 いくら食べても太らないんですよ。 3 嫌《きら》いでも残してはいけません。 4 いいえ、どんなに忙《いそが》しくても宿題をしなければいけません。 5 私が注意したところでやめないでしょう。 6 ええ、朝早かろうと真夜中だろうと全然かまわず電話してきますね。

〔二〕のA 一 1・b 2・a 3・a 4・b 5・a 6・b 7・a 8・a 二 (例) 1 弟は怠《なま》け者だ 2 なかなかやめられない 3 どうも来週いっぱいかかりそうです 4 ほめられて驚《おどろ》いた 5 いまよろしいですか 6 レバーは嫌《きら》いだ 7 うるさすぎる 8 ちっとも上達しない 9 そこには何万人もの人々が生活している 10 子供を生んでからすっかり丈夫《じょうぶ》になりましてね 三 (例) 1 大山さんは毎年海外旅行をしている。 2 友達に贈《おく》り物《もの》をしたいんです 3 ピカソの絵だと言われて大金で買ったんです。 4 ここが分からないんです 5 梅雨《つゆ》は嫌《きら》いだ。 6 日中は暑い

〔二〕のB 一 1・b 2・a 3・b 4・b 5・a 6・b 7・b 8・b 二 1 それにしては 2 それでも 3 それにしても 4 それにもかかわらず 5 それなのに 三 (例) 1 女の子は一人もいない 2 どうして使わないの？ 3 病人は回復しなかった 4 どんどん応募《おうぼ》してください 5 まだ苦い 6 若く見える 7 高すぎる

〔二〕のC 一 1・b 2・b 3・a 4・a 5・b 6・a 7・a 二 1 くせに 2 とはいうものの 3 からといって 4 ものの 5 ものを 三 (例) 1 三カ月たってもくれない 2 日本の法律を守らなくていいということはない 3 なんとなく未練がある 4 何も言わないから用意できなかった 5 社員は三人の小さな会社です

第二章 二つ以上の事柄《ことがら》を別々に述べるのに用いる接続の表現

〔一〕のA 一 1・a、c 2・a、b 3・b、c 4・a、c 5・c 6・b 7・a 8・c

二 1・b 2・a 3・a 4・c 5・b 6・

c 7・a 8・c 三 (例) 1 熱くして飲んでもおいしい 2 詩人でもある 3 聡明《そうめい》な女性であった 4 英語の三科目について行われる 5 録音はご遠慮《えんりょ》下さい

〔一〕のB 一 1 宿題をやりながら~ 2 同じ所で働いていながら、~ 3 寒いし、風が強いので~ 4 してはいけないと知りつつ、~ 5 ~映画を見に行くとか、テニスをするとか、~ 6 ~宿題もしなければ、~ 7 ~飲んだり、食べたり、歌を歌ったりします 8 ~踏《ふ》まれるやら、ボタンを引きちぎられるやら、~ 9 暑かったり、大変涼《すず》しかったりします 10 ~飲むとか、~部屋《へや》から出るとかは、規則で~ 二 1 高いしまずい 2 風が強いし雨が降るし 3 泣きながらお母さんを捜《さが》し 4 寝《ね》ながら本を読む 5 寝《ね》たり起きたり 6 道が分からないし、知り合いもいない 7 質問したり、質問に答えたりし 8 お訪ねしたいと思いながら/思いつつ 9 信じる人もあれば/あるし 10 たばこをすったり、酒を飲んだり/すうやら、~飲むやら 三 (例) 1 アメリカ人もいれば、中国人もいます。 2 友達に聞いたり、辞書で調べたりします。 3 気分が悪かったし、熱もあったので、休みました。 4 ラジオを聞きながら、勉強します。 5 雑誌や新聞もあれば、文房具《ぶんぼうぐ》もあります。 6 銀行員とか、公務員とか、中学の教師などです。 7 花壇《かだん》の花を抜《ぬ》くやら、池の金魚を捕まえるやら、大騒《おおさわ》ぎです。

〔二〕のA 一 1・a 2・b 3・a 4・a 5・a 6・b 7・b 8・b 9・a 10・a 11・b 12・b 二 1 それから 2 そして 3 その上 4 しかも 5 それに 三 (例) 1 人があまりいないのもいい 2 ゆっくり音楽を聞くことです 3 友達と待ちあわせて、映画館へ行きました 4 家賃もあまり高くない 5 食事をごちそうして下さいました。

〔二〕のB 一 1・b 2・a 3・b 4・a 5・a 6・b 7・a 8・b 二 1 それどころか 2 そればかりか 3 どころか 4 ばかりか 5 おまけに 6 さらに

〔二〕のC 一 1 今日は私は銀座へ行って、映画を見て、そのあとで~ 2 暖かくなって、花が~

3 急いで洗って、干しなさい 4 姉はいつもおとなしくて、妹は～ 5 日本海側は雪が降っていて、太平洋側は～ 6 彼《かれ》はやさしくて、頭がよくて、親切です 7 自分でやってみて、はじめて～ 8 何度も注意されて、まだ～ 9 あそこに座って、相談～ 10 今日は買わないで、もう少し～ 11 彼女《かのじょ》は自分で料理を作らないで～ 二 1 教科書を見ながら、文章を～。 2 本屋へ行きました。そして地図を一冊～。 3 転勤でこちらへ来ました。それからちょうど～。 4 本を五冊も買ったのに、まだ一冊も～。 5 昨日買った桃《もも》は大きくて、しかも～。 6 この本は難しすぎるので、読めません。

〔三〕のA 一 1・a 2・b 3・a 4・b 5・b 6・b 7・b 8・b 9・a 二 (例) 1 海岸のピクニックコースを歩いてみようと思っている 2 家で休めばいいでしょうか 3 本屋で買って下さい 4 製造した会社のサービス部門でも扱《あつか》います 5 電話を下さい 三 (例) 1 一週間ないし二週間ぐらいでしょう。 2 交通公社あるいは駅のサービスセンターが便利です。 3 化学にしようか、それとも物理学にしようか迷っています。 4 辞書で調べるか、または友達に教えてもらうかします。

〔三〕のB 1 というよりは 2 むしろ 3 なり、なり 4 というよりは 5 代わりに 6 なり、なり 7 むしろ 8 代わりに 9 その代わり

〔四〕 1・b 2・a 3・b 4・b 5・b 6・a 7・a 8・b 9・b 10・a

第三章 一つの事柄《ことがら》を拡充《かくじゅう》して述べる表現

〔一〕 一 1・a、b 2・a、d 3・a、c 4・b 5・b、c 6・a、c 7・a、c 8・b 9・b、c 二 1 言わば 2 結局 3 要するに 4 例えば 5 つまり 6 いわゆる

〔二〕 一 1・b 2・b 3・a 4・b、b 5・a 6・a 7・a 8・b 9・a 10・a 二 (例) 1 少し狭《せま》いのが問題だけれど 2 毎日欠かさずにしなければいけない 3 いつも補欠だったが 4 勝敗にかかわらず、参加賞が出ます

第四章　総合問題

一　1・b　2・c　3・c　4・b　5・a　6・c　7・b　8・b　9・b　10・a

二　1　(1)それでも　(2)それで　(3)それに　(4)それなら　2　(1)そうすると　(2)それでは　(3)それでも　3　(1)それなら　(2)それにしては　(3)それから　4　(1)それで　(2)したがって　(3)それでも　(4)それにしても　5　(1)あるいは　(2)むしろ　(3)もっとも　(4)したがって　6　(1)おまけに　(2)だから　(3)もっとも　(4)それにしても

三　1・a　2・a　3・b　4・b　5・d、a　6・c、d　7・c、b、c

四　1　(1)山田さんは学校から帰ると～　(2)彼《かの》女《じょ》はユーモアのセンスもあれば～　(3)一生《いっしょう》懸《けん》命《めい》やっているのですから～　(4)結婚《けっこん》するなら～　(5)電車が込《こ》んでいて～　2　(1)無事を祈《いの》りつつ～　(2)事件を知らないどころか～　(3)～おみやげに頂いたり自分で買ったりした。(4)彼《かれ》は頑張《がんば》っているし～　(5)柔道《じゅうどう》は日本で人気《にんき》があるばかりか～　(6)山頂まであと数メートルの地点に達しながら～　3　(1)子供のくせに～　(2)ご多忙《たぼう》にもかかわらず～　(3)こんなに心配していたのに～　(4)郵便で送る代わりに～　(5)本を読みはじめたものの～　4　(1)高いからといって～　(2)担当の者がすぐ参りますので～　(3)社会人になったからには～　(4)ガソリンが足りないから～　(5)壁《かべ》を塗《ぬ》りかえたところで～

五　1　(1)および　(2)それとも　(3)ないしは　(4)すなわち　2　(1)かつ　(2)並《なら》びに　(3)あるいは　(4)つまり　3　(1)すると　(2)その上　(3)なお　(4)それから　4　(1)し、し　(2)なり、なり、なり　(3)と、と　(4)とか、とか　(5)やら、やら　(6)だり、たり

六　1・b　2・a　3・b　4・b　5・a　6・b　7・a　8・b　9・b　10・a　11・b　12・a　13・b　14・a　15・b　16・a　17・b

七　1・a、a　2・b、b　3・b、a　4・b、a　5・b、a　6・b、b　7・a、a　8・a、b　9・b、a　10・b、b　11・b、a、a　12・

a、a、a

八

1 ①b ②a ③b ④b ⑤c

2 ①a ②a ③b ④b ⑤b ⑥a ⑦b ⑧a

3 ①b ②a ③a ④a ⑤b ⑥a ⑦a ⑧b

4 ①b ②c ③a ④b ⑤c ⑥c ⑦a ⑧c ⑨b

5 ①a ②a ③b ④b ⑤a ⑥a

九

1 ①とはいうものの ②そのため ③例えば

2 ①この結果 ②すなわち ③なお

3 ①ものの ②ので ③から ④しかし ⑤ところが ⑥と ⑦が ⑧むしろ

4 ①しかし ②でも ③そうすると ④そして ⑤どころか ⑥そこで

5 ①だが ②あるいは ③一方 ④むしろ ⑤したがって

6 ①しかし ②さらに ③そのうえで

外国人のための日本語 例文・問題シリーズ6『接続の表現』練習問題解答

監修：名柄　迪　　著者：横林宙世・下村彰子

〒101 東京都千代田区神田神保町 2-40 ☎03(262)0202　　荒竹出版株式会社